台灣小妹，美國大姊

邱瀟君 著

推薦序

桃花潭水深千尺

蔡淇華／作家

「就算不為自己，也要為王永貴，在這世間留一本書。」

書稿交給時報後，瀟君仍不斷天人交戰。懷疑在出版爆炸的年代，世界是否還需要她這本書。只好扮演教練的角色，鼓勵自己的明星球員：「上場吧，你是不可取代的。」

瀟君能寫！

在出國前，已有懿采之華，出版小說三本。只是在異國土壤裡，血汗澆灌的故事，無暇長成後，收割文本。但吐納英華的文字大夢，已在事業穩定後，隱然胎動。

二〇二二年六月六日，透過網路和瀟君第一次隔海論文，被她靈動跌宕的生命故事深深吸引。從父母親一九四九大江大海的故事，小兵王永貴對他們一家子的赤膽忠心，到一個傻裡傻氣的台灣小妹，如何用一顆良善的心，吸引各族群的貴人與她共事，最後成為手擁加州物業的美國大姊。千里山川煥綺，無一不是可記取的人間風景。

在一年多的線上互動中，看著瀟君的巧思奇遇，長成一篇篇振采垂麗的文章，於海內外大報刊登五十餘次，知悉當年好筆又回來了。

日前瀟君告知拿到時報文學獎的好消息，一點都不意外，因為半世紀風雨，已積桃花潭水深千尺，每每行文，已旁通無滯，日用不匱。

《台灣小妹，美國大姊》是情志豐腴的散文集，是台灣小女孩在美國拚鬥有成的精采故事集，是作家邱瀟君情性得其環中，輻輳相成的文字再出發。敬邀世界華人讀者展讀，意實卓爾，情動言形，必有可觀。

推薦序

為彼此下一場及時雨

吳鈞堯／作家

《台灣小妹、美國大姊》，標示了空間與時間的移動，文字作為橋梁，見證邱瀟君在台灣與美國兩地的探索面貌。

卷一「遠逝」命名很有意思，很遠的時間拉到近近的眼前，充滿感性、感激，說「遠」實「近」，說是「消逝」實則一直都在踏履。人生的「前進」與「後退」，帶著生命初始的存款，而存款的累積最大的關鍵是「王永貴」——擔任軍隊高職的伯父，派遣到家裡頭幫傭的同袍，他的角色類似傳令兵、勤務兵，甚至是伙房。

忙碌辛勞的雙親，事跡誠然可貴可念，父母疼愛孩子天經地義，王永貴作為一個外人，在動盪時代謹守禮法，知所進退，避開一切嫌疑，只為了貫徹長官命令，任勞任怨、忠誠樸實，在安老院中收到瀟君從美國寄來的禮物，一次次說著一個他帶大的小女孩，早晚會接他到美國養老享福。人物與情感描繪深刻動人，也呼喚出久遠年代，人與人之間單是承諾，已是永遠的信念。正因為信仰如此真摯、如此可愛，便來得有一點殘酷。人生未必事事如願，它們的破損是殘酷，理念卻是飽滿的幸福，引人唏噓與熱淚。卷一篇幅不長，已把人事的缺跟圓，做好未來的隱喻。

如果說邱瀟君的未來，在她的台灣成長時光已經埋伏好，未免過於武斷，但作家年過中年不忘舊人舊情，正也說明善種子業已栽種，往後經歷的運輸轉運站資訊輸入員、洗衣店工作、保險領域公眾調查員、大英百科全書推銷員等，都能看到善念為先，因此締結好緣。從小妹到大姊，並不是一條明確的路，而峰迴路轉、前途茫茫時，總有善心人沿途指路。

比如瀟君與墨西哥裔先生比爾，接受亨利夫婦邀約開乾洗店，沒料到還沒過戶，亨利夫婦後悔，轉而獨資購買，看似黃金地段不料人客稀少，瀟君夫婦轉往他地開的乾洗店，反倒日漸坐大，還能把多餘的衣物讓亨利夫婦代勞服務。跟酒醉後的老人家推銷百科全書，原以為老人第二天來電是取消訂單，不意是增購一套。客戶鄭先生不斷砍價，不得已只好低價賣出百科全書，且附贈三十三塊美元的絲絨書套，到後來帶進三十三套百科全書業績，而在生產當天還能賣出三套，成為當月大英百科全書銷售之后。

再如瀟君公司舉辦新年聯歡聚會，竟把借款人、投資人、經紀人、估價員放在一桌，以誠待人，不怕他們私下串聯。瀟君買下的第一間豪宅，是因為母親埋怨，為什麼別人家房子大又漂亮，他們房子卻很小，瀟君撒謊當凱子，買下的豪宅位在養牛場旁，大女兒說的第一個字不是爸爸、媽媽，而是「牛」。不久，他們趕上房價上升的列車，幸運的背後更像天公疼好人。

瀟君陸續遭逢許多「陰錯陽差」，好心借人居住的房子意外著火，繼而跟隨保險從業人彼得投入房屋調查；員工美齡無意中打了通電話，開啟疫情期間房子得以加蓋的契機。閱讀作品，跟隨瀟君成為「大姊」的歷程，難免自我提問，如果是我碰到了，我會如何，結下善緣還是惡緣？

瀟君一一回到故事現場，寫下生動人事，人生猶如星宿，有人選擇成為孤星獨自發光，有人則願意連綴成星宿、星座，成為夜深航海人的指引，又或者鋪排自己的善意成為銀河星橋，成就自己也完成他者。台灣小妹變成美國大姊，在時空的向量上，看似一條單行道，卻是錯縱的行路，這些都來自不忘根本、不忘來處。

〈一碗麵的情誼〉寫瀟君困頓病倒之際，為了想吃一碗牛肉麵，打了通電話給當時交情不深的曹靜永，瀟君為了感激恩情，爾後她們吃飯，「我一定替你付帳」。窘迫之際接受茉莉的飲食接待，還被塞了一百美元，之後瀟君與茉莉失去聯繫，瀟君推己及人，一百美元的恩情，於年冬時送給房客。

瀟君的星宿、銀河，不斷長大著，從好女孩、好女子，再成為一個好人。蛻變的旅程中，瀟君絕對不孤獨，而是浩蕩的行軍。對過往心存惦念、感激，是一切的起源，瀟君的際遇與奮鬥，不只是個人漂旅，而提供我們去想去看，人生中的錯過有沒有機會縫補，而感念人生中的貴人，便要時常溫習他們的及時雨。

一個暗藏的醒悟是，金錢存款不過表面數字，給人給事積蓄，人間才能有情天。

推薦序

寫作魂的綻放

蔚藍／蔚藍人文堂創辦人

大疫之年封閉世界，卻釋放瀟君的寫作魂，經年桎梏的筆，華麗轉身成為寫故事的人。

我和瀟君相識於讀書會，她在會裡是一個謎。

隱約知道她很忙，隱約得知她活躍於社團、話劇、商社和校友會等，還有自己的公司。偶爾她會透露自家小事，會友們彼此都尊重隱私，有時愛是問，有時愛是不問。

我直覺她入世為難，有種進得去卻出不來的社交卡卡。其中必有生命故事，靜候時機。

二〇二〇年當世界靜止了，危機成轉機，瀟君蛻變活躍，鑽研線上寫作課，勤於筆耕，作品頻頻發表在各報章雜誌上，每每與我分享，彼此切磋。

論文青輩分，瀟君早我一輪，早年讀政大新聞系，經歷過紙本最風起雲湧的年代。她雅好藝文，出版過書，爾後移民，又是一番陰晴圓缺的箇中甘苦，為了養活家人奮勇闖事業，眾人只見她笑看世事，未見她咬緊牙關。

直到我細讀此書初稿，得以一窺她的生命織錦，經緯縱橫之間是歲歲年年不容易，她的樂觀勤奮像生命之泉的湧現，她的散文篇章像拼圖還原來時路，讀畢我知道她從何所來，如何長成現在一棵開花的樹，得以庇蔭所愛之人。

瀟君的書寫是一種文字療癒，是家族史，是移民史，是女力史。

從序文出場，揭開她的神祕面紗，從「王永貴」落筆他的家族史，創業之初來自「洗衣店裡歲月長」；文字中產出的不只是「房」，更是以一位女老闆的決策當下，多一份善待，多一份福報。

她父，她母，她夫，她女，看似她的生命線，也交纏像我這樣的移民心弦，每個人都可以說上一段，卻未必能像她一樣寫成一本書。這些被埋藏在文字裡的人物，呼喚她寫出來，搏扶搖而直上，一飛沖天，寫作魂得以釋放，得以遨遊。

執筆之日，欣聞瀟君的大作「舞在黑色除夕夜」榮獲第四十四屆時報文學報導文學獎，這給從商界轉入文壇的她極大的肯定！瀟君以報導文學的寫真技巧，融入散文的情思意境，將文字化為臨場感，給當場的人物再活一次，再說一次的傳神畫面。

文字魂與寫作魂的綻放，值得一讀「台灣小妹，美國大姊」！

自序

翻著書頁的您，即將翻開的，是我從故鄉台灣走出去，把美國也走成另一個故鄉的一段奇妙路程。

今天的我，既是商人也是文人，過著鮮明的斜槓生活，當工作上碰到不如意，就坐在街角咖啡廳咬筆桿寫文章，一筆一筆劃下生命中曾經的章節、逝去的身影以及一日一日積累而來的生命體悟。當筆桿咬爛都寫不出文章時，我就跳回公司去指揮吆喝，盤算著搭建下一棟房子，為缺少住屋的加州——這個我居住了大半生，卻仍認作是異鄉之地，盡一分力。

當寶貝女兒們的來電響起，我又立即拋下眼前一切，六親不認地成了全職媽媽。

即將出書了，要介紹我自己。

姓名，工作，身分，除了這些，還有呢？

經歷，背景，飄洋過海的生活，兩個孩子的媽，這就是我嗎？

書寫過幾十萬字的手，緩緩地停了下來，我陷入思考。

我經營著房地產事業。這樣的我，總被認為是為許多家庭提供生計的房地產女強人。強在哪裡呢？我認為，不光是用有幾棟房子來計算，而是那份逢山開路，摸石過河的不懼；這份不懼，來自於原生家庭的訓練。

從我們很小的時候，爸媽就對我們耳提面命：「兩間房子要給兒子，因為女兒是要嫁人的。」又指著六歲的我說：「這個女兒會有出息，所以我要一輩子跟這個女兒住。」兩間房子，是爸媽一生辛苦積存，他們毫無保留地大聲指明分送給兒子，幸運的是，他們把自己送給了我。

還好我天生駑鈍，要到年過五十，才懂得「重男輕女」這四個字。在那之前，我以為所有家庭都是這樣的。

爸爸心想事成，我從六歲起，就要擔著天下大事，但我畢竟不夠聰慧，便養出了一種特別的個性：別人做事是瞄準了箭靶才發箭，深怕錯失紅心，我則是先把箭發出去，再沿著落箭處畫一個圈圈，也算是一種百發百中，反正沒有人在乎，我只求過關而已。

也因為從小在窮困的家庭，沒有父兄庇蔭，又養成了另一種特別的個性：跌倒了不要急著爬起來，先在地上看看能不能撿到點什麼，就算撿了個石頭，也是賺到。

這種悶頭射箭，又不怕摔的個性，一旦愛上了寫作，自然是積極的投稿。或許是還有點資質，念大學那幾年，就靠著《小說創作》跟《藍帶》兩本美容院雜誌的稿費過生活。出國前，我已經在青文出版社出了三本小說：《追夢・學語》、《故事》與《邂逅》。

而後，政大新聞系的高材生，到美國成了C等生。只好胡打瞎闖，碰到什麼是什麼。為了父母，連打三份工，遇見了學歷、身分、背景完全不相符的男子，看著順眼，也就嫁了。婚後，與丈夫生育了女兒，我們照書養又照豬養，非常感恩，兩女兒都長成了優秀的女孩，我是華人圈最愛說的那種「常春藤媽媽」——兩個女兒都是常春藤聯盟學校畢業。而且我不是虎媽，應該是個性陰晴不定、自己都拿捏不住的變色龍媽媽吧！

先生二〇一二年去世，我全心投入生意。家產在十一年之間翻了幾倍，從一人單打獨鬥，到身邊聚集一些同心的團隊，又是一番不同的景象。

女強人嗎？或許吧，但我也只是「悶頭射箭」再加上「不怕摔」。

一九九三年，爸爸癌末，當時他已七十八歲，醫生宣告無救。兄姊勸我放手，我硬是不服輸，見招拆招。醫生說爸爸無救要放棄時，我正懷著小女兒，而爸爸去世那天，小女兒已經在 YAMAHA 上鋼琴課。因為我的堅持，爸爸帶病延壽了十年。

先生身體出了大問題那一年，同樣地，我相信努力就會有好結果，想盡辦法。當醫生第一次警告先生肺部充血，會隨時離開時，小女兒才小學四年級。先生走的時候，小女兒已經大二了。

我想，我是個戰士，在人生各個層面，都認為努力去戰鬥就會有好結果。

Covid-19 疫情把大家關在家中，所有的活動都轉為線上，我除了工作上得更加努力，克服疫情帶來的一波又一波難關，也因此接觸了許多過去幾十年因為生活打拚而未參與的文化活動。上新詩、散文、小說創作課，藉著線上教學，知性的大門為我而開，有幸看到了許多台灣名家的風采，也真正看到了自己知識的不足。

當嚴忠政老師第一次教「語法」時，我下巴快要掉下來了，原來不是天生文筆好就可以寫文章，寫作是要努力去學習的。

於是，我開始了我的文學學習之路。

沒有想到的是，睽違了四十年以後，再提起筆來，江湖已經不是我的了。文青時每投必中的稿件，四十年後，不論怎麼刪改修潤，就是球球落空。才拿起筆的我，進退維谷，放棄了，在二〇二二年六月，宣告封筆，決心退場做個旁觀者就好了。

就在宣告封筆的那個月，於線上課程碰到蔡淇華老師，他拿著一篇我寫的小文：「小魚項鍊」，一再要我修改潤飾，最終，幫著我把心中壓抑了幾十年的遺憾，藉著〈王永貴〉這篇散文寫了出來。

在寫〈王永貴〉時，我訪問兩位定居洛杉磯的退休將領，他們的人生際遇，他們的往日胸懷，他們的心心念念，激勵我另開一文，寫下〈將軍令〉這首新詩，投稿參加比賽，竟獲得二〇二二年金門浯島文學新詩首獎。

這樣的偶然，把我「不怕摔」的個性又激出來了。我為自己排出文學藝術課程，白天忙公事，晚上在線上隔海向台灣的幾位老師請益上課，有時下課已經是半夜兩點，而我當下還有幾篇稿子想改，並且隔天早上八點和工程師團隊有約。

這樣學習的日子，竟也過了一年餘。

窗外天色微明，我彷佛看到當年那個被賦予重任，只懂得唯唯諾諾的台灣小妹，在美國緩緩地站了起來，黎明的陽光，把我的影子拉得很長很長，看上去無比巨大。

目次

輯二——市街

輯三——房「產」記

輯四——商不言商

輯五——老闆日

輯八——三代

輯一——遠逝

王永貴

「小阿姨，你還記得家裡曾經有一個叫老公公的人嗎？」四十歲的外甥，突然問我：「我那時候大概四歲，記得外公在打罵一個蹲坐在地上的人，外公似乎還踢了他一腳。那是誰呀？」

外甥的話，像突來的時間激流，將我沖到記憶的上游，裡頭有一尾破碎的魚形，他叫王永貴。名姓藏著「王者之家，永生富貴」的符碼。但歷史的洪流，總把命運沖到祝福的相對面。

王永貴，是伯父的傳令兵。

爸爸出身鄉紳之家，十九歲就當上了家鄉的小學校長，出入有兩個護衛保護。時局開始不穩時，他想要投筆從戎，去找軍中的哥哥（我的伯父）。伯父拿出軍校畢業時校長頒發的短劍，指著上面的鐫刻：「不成功，便成仁」，對父親說：「邱家只剩我們兩個兄弟，有一個人為國家犧牲就好，你不要入伍了。」

盟約相訂，五弟保家，三哥衛國。但時代大浪潮打來，家、國，都沒能保住。

一九四九年國軍撤退台灣，伯父身任基隆要塞副司令，軍務倥傯，無暇照顧這文弱弟弟的一家。便把傳令兵王永貴撥給我們家。

這一聲將軍令，為王永貴的人生定格。

他從伏屍遍野的徐蚌會戰撿回一命，但這往後餘生，卻必須在倉皇滿屋的我家，洗衣做飯，把屎把尿，卑躬屈膝服侍一家三代。

落難校長，百無一用，只好開一爿小麵店。店面除了煮麵的爐頭、四張桌子及一張紗窗門，別無長物。紗窗門隔開住屋和外面小小的店面。

住屋裡面只有一張大床、一張桌子、一個鋁盆和一個痰盂。晚上我們一家六口睡的床，白天是我們四兄妹伏案做功課的桌子。鋁盆，是我們的洗澡缸，外面爐頭燒了熱水，提進來，倒在盆中，門窗關了，房間就成了浴室。痰盂，就是我們的馬桶了。

即使是這樣擁擠貧困的生活，家教嚴謹的媽媽，從不許我們出去和外面的「野孩子」玩，房門從外面鎖著。我們被關在小小的房裡，附近的孩子常常隔著窗子對我們嬉笑挑釁，王永貴就去把他們趕走。

晚上麵店打烊，清理完畢，店裡四張桌子拼起來，王永貴把被子鋪上，那就是他的睡床。想起來，我並不知道他在哪裡處理身邊的生活雜事。關上紗窗門，我們在裡面，他在外面。

紗窗破了一個洞，破舊的紗窗守著破舊的家，破舊的人。

一日下午，紗窗裡有哭聲和求饒聲。在旁掃地的王永貴猛然把手中的活兒一丟，反身推進紗門。

「心情不好就打孩子，你有沒有良心？孩子不痛嗎？」是王永貴又急又快的聲音。

爸爸的鄉音更急更快：「我打孩子關你什麼事，你再囉唆，我連你一起打！」

王永貴憤憤不平：「我去基隆報告副司令去。」

爸爸跟著吼：「你有本事，什麼都不許帶，你給我走路去。」那沒落貴族的聲音，有一絲絲驚恐和落寞。

生活如此龐大逼仄，妻病家貧子幼，更哪堪當年回首。除了打孩子和怪傭人，還有什麼其他出路呢？

媽媽的身體越來越糟，麵店撐不住。我六年級的時候，爸媽只好把麵店賣了，賣店的錢，在附近買了一間小房子，一個有小浴室、小廚房的違章建築，不解事的我們，過了一段開心的日子。

爸媽不在家的晚上，我們幾個大小不一的孩子，就擠在王永貴房間。那個房間只放得下一張床、一個木桌。我們就搶著擠在床上，攤開他的薄被蓋在腿上。書桌上是王永貴不知哪裡弄來的小小的收音機，收音機裡中央廣播電台的廣播劇，是我們四兄妹對童年唯一共同的記憶。直到今天，我們還可以拼湊出當時廣播劇的內容；當年彼此相依的感覺，總在皮膚深層脈動，牽連著今天分散各地的兄弟姊妹。只是我們都不記得，我們四個人擠在床上，替我們開收音機的王永貴，當時是坐在哪裡？

王永貴坐在哪裡？

當時，一切似乎都安定了。但那鏤刻肌底的愚忠，仍不安靜……。

賣了麵店，買了安身的房子。在基隆，正直的伯父有志難伸，退役了。又為了替下屬做保，債務纏身，自身難保。

沒了麵店，王永貴出去找工作了。

在外工作的王永貴，仍牢牢地將自己微薄打零工的薪資，每個月交給這個羸弱的家。他心中有底，風雨飄搖的長官，失去舞台的校長、憂鬱的老闆娘，和嗷嗷待哺的童口，需要真正的梁柱去撐持。

挨打的哥哥，終於練硬了拳頭，混了幫派。失勢的老獅只能在老穴嘶吼，時不時拴緊全家人的神經。通常這樣的風暴，就在哥哥奪門而出，媽媽嚎啕大哭中，慢慢風平浪靜。但浪下，仍湧動我的暗潮。

身在父母雙全，有兄姊和弟弟的家裡，總覺自己是全家福照片中一個可有可無的身影。懂得彎曲著、蹲著、笑著配合別人。穿的衣服是姊姊穿舊的，沒有喜歡不喜歡，只是笑咪咪地接受。房間是和姊姊共用的，從來不會和大我七歲的姊姊起什麼衝突，委曲求全是從小要練的。

初二那年，愛美的荳蔻年華，突然很想要一條屬於自己的項鍊。有點不可思議。我要的，大概只是一個，我也可以擁有一樣自己東西的感覺。但媽媽多病，總坐著三輪車進出醫院；爸爸愁苦失據，總對著我嗟嘆。

王永貴當時在新莊輔仁大學餐飲部工作，每個週末「回家」來，他就是我能擁有一條項鍊的唯一希望了。

選了一個他回來的週末，告訴他我的想望。當時的我，是用一個小女孩的撒嬌口氣嗎？還是淚汪汪的可憐狀？十三歲的我，把這個從小看著我長大的恩人，看成傭人，有著予取予求、在家人前都不敢表現出來的放縱。

隔週週末，王永貴回來，神祕地對我笑著，我的心砰砰砰砰跳，知道自己的期望要成真了。王永貴從身後掏出一個袋子，粉紅色的袋子，鑲著紅邊，有銀亮的釦子，是我從來沒有見過的奢華。我拿在手中，有一瞬間不敢呼吸，覺得我握住了一朵粉紅色的雲，裡面有神祕的寶藏，我念想的寶貝。

「開開看啊，你要的項鍊」，王永貴催促著，嘴角都快扯到臉後了，他也開心啊。

鬆開鈕釦，拿出裡面的寶貝，我跳在胸口的心，突然壓到胃底。眼前是條一截一截編成的小魚項鍊，金光閃閃，庸俗不堪。

一個五十幾歲，從未讀書識字的中年男人，他哪裡懂少女情懷，怎麼可能挑到我想要的鍊子？我強顏歡笑，對這個想要讓我開懷一笑的人說聲謝謝。不記得那時的我，有沒有懂事到，明白眼前人已盡力了。

沒多久，一次和朋友鬧翻，心情惡劣，硬生生把那條小魚一截一截扳斷，覺得扳出了心中的憤怒，覺得扳出了自己的不得意和委屈。小魚一截一截地碎在眼前，被我一把丟到垃圾桶去了。丟得那麼義無反顧，好像生活中的不如意，父母忽視，兄姊欺負，同學霸凌，都是被這條項鍊害的。

要到很久以後，才懂得，五十多歲的王永貴，把我們家當作了他的家。不僅每個週末拿的薪水，全數交給爸爸媽媽「養家」，為了滿足我這個小女孩的願望，他還扣下自己零用錢，磕磕絆絆走在新莊的夜市，找到他心中最喜歡的、閃閃發光這一條鍊子，用對他而言很高的價錢，買了下來。滿懷雀躍地轉三趟公車回家，送給了我。

記憶，就像折疊的舊衣服，越疊越小，變成小小的一塊，已經沒有原來的樣子，卻仍然是原來的質料。這團團皺皺的，被擠壓得越來越深，很怕攤開來看，會害怕，自己也是壓痕的來處。

姊姊婚後，創業的姊夫，把我們家拉拔了起來，不用再靠王永貴那份微薄收入養家。他辭職，搬回家裡，回來養老。但真的是養老嗎？王永貴仍看顧著姊姊三歲的男孩和兩歲的女兒。孩子們喊他：「老公公」，我們也開始跟著孩子稱呼他老公公。

記憶中某一天，王永貴在簷下石槽中洗菜，兩歲的小外甥女拉著他的褲管哭鬧：「老公公，抱抱。老公公，抱抱。」王永貴無奈地丟下手中的菜，擦乾雙手，吃力地彎身抱起小囡囡。趕著去上課的我，隨口留下一句：「老公公，囡囡這麼愛你，將來不怕沒人為你養老了。」依稀看見王永貴親了親囡囡的臉頰，說：「誰知道呢？你們小時候也這樣黏著王永貴的，現在都沒人要理王永貴了。」小外甥女才不管這些，只吵著要看王永貴小腿上的那個傷口。

那個槍傷我知道，子彈穿過後，沒管它，自己長起來時，封住了一些空氣，傷口摸起來裡面還會轉來轉去，我們小時候也喜歡玩，覺得神奇。會痛嗎？不知道。

印象中，這是王永貴唯一一次在言語中提過自己的名字。從沒聽他說過，離家加入部隊那個早上，故鄉的娘對他說了什麼？從來不知道，除了子彈穿越他左腿的徐蚌會戰，他還經歷哪些九死一生的戰爭？胸口的傷又是哪裡來的？一個小兵，他只是跟著國家走，跟著長官的命令走，照著口令打殺，他哪有資格反問？反問他的一生，為何綿綿密密地和我們一家三代編織在一起。照顧第三代人時，卻被父親當成不需要的衣服毛邊，仍然隨意地撕扯打罵。

大二那年，我當家教存了一點錢，過年的時候，用紅包裝了兩百塊給王永貴，王永貴笑了。媽媽從教會回來，我得意地告訴她我做的事，以為媽媽會像上次一樣，知道我替伯母買了一套新衣，誇我懂事替爸媽掙面子。沒想到媽媽勃然變色，衝去指著王永貴開罵：「你這麼大年紀的人，怎麼好意思拿小孩子的錢？年紀都長到哪裡去了？」

深宅大院長大的媽媽，四位兄姊在全國各處行醫。這個小么妹，享盡三千寵愛。到大學讀書，就鬧著戀愛結婚。時局變色，綁過小腳的外婆，連爬帶跑趕到青島，叮囑剛成婚的爸爸媽媽，「快點走，千萬不要回家。」可是離家後的母親，千金氣勢仍存，對這日日照顧我們的人，仍視如家奴，凶悍以對。

王永貴最終把錢還給我，尷尬地笑著說：「我只是收下來逗你玩，讓你開心。我有紅包就好了，錢還給你。」

老兵不死沙場，但總會凋零，凋零在不給予養分的，我的家！

王永貴後來喉癌住院，再住進退除役官兵養老院。我當時已經來到美國，有一次回台灣，到養老院去看他，鄰床的病人告訴我，我寄給他的餅乾，和寫給他的信，是他在養老院的護身符。他每天會拿出來給大家看。告訴大家，有一個叫小君的女孩，是他從小帶大的，早晚要接他到美國養老享福。

後來，爸媽和弟弟都來到美國。再聽到王永貴的消息，他早已經去世了。沒有人知道他走在哪一天，就像沒有人知道他生日是哪天一樣。

而我，只知道他叫王永貴。沒有人記得他的籍貫，生辰，也沒有人知道他的喜好個性。瑣瑣碎碎的過去，都和那條被我惡意捏碎的小魚項鍊一樣，在時代的垃圾桶中安靜了。

我做了一個夢，夢中，我們幫王永貴成家了，壯年的他，有自己的家，有一個光頭的小男孩，開心地畫了一條小魚，拉著他叫「爸爸，看我畫的魚。」旁邊是正在替他洗衣服的太太，王永貴不用再洗我們家的衣服尿布了。小小的我，看得好開心，開心地哭了起來，彷彿成年的我，到養老院去，跟王永貴說：「我來接你回家了。」我和王永貴都好高興，要回家了，我脖子上還掛著那一條漂亮的金魚項鍊。

永遠的石椿

「走，我帶你去看我們小時候的家。」返台的某一天，咪咪姊和姊夫在細雨的早晨，開車帶我去觀賞大家一致稱讚的「大基隆歷史場景再現計畫」。

咪咪姊是我的親生姊姊，她出生時，爸媽正寄居在基隆三伯父家，當時爸媽已經有了哥哥、姊姊兩個孩子，三伯父母有一個十三歲的女兒。咪咪姊生下來就黏三伯父，一離開三伯父就哭，三伯父也特別疼愛這個小寶寶。幾個月後爸媽要搬到台北時，三伯父和咪咪姊這一老一小哭得驚天動地，彼此怎麼也不肯放手。一陣吵雜混亂後，爸媽終於鬆口，難割難捨地把咪咪姊過繼給了三伯父伯母。

爸爸和三伯父兄弟情深，一生沒有分開過。只要有機會，爸媽就帶我們「回基隆」，感覺基隆三伯父家就是我們的老家。

小時家裡貧困，爸媽在路邊擺一個麵攤，麵攤後面的小屋子，就是我們全家人的住所。屋子裡面有一個大炕，是爸媽和我們四兄弟姊妹的臥鋪。炕旁邊一張桌子、一個衣櫃、兩張椅子，就是全部擺設，也是我們兄弟姊妹放學後的活動區域。

相較之下，回基隆就好玩多了。紅木門打開是庭院，往前走幾步上了玄關，把鞋脫在玄關前，穿著襪子就可以踏上木地板到處跑跳了。回基隆常常碰到喜慶宴會，需要對著許多叔叔伯伯叫個不停，最常聞到筍乾燒肉的味道，想起這個味道，彷彿又是過年了。

進門面對的是大餐桌，隔著餐桌，可以從木格的落地窗看到後院。餐廳右邊就是廚房。孃孃（三伯母）總是在裡面大呼小叫地忙著做菜做飯，我們打過招呼，就咚咚咚從後院出去，穿過後院的小路，到海邊去玩了。

一路回味著小時候的點點滴滴，談著當時的老人舊事，姊姊、姊夫說已經到目的地，在微雨中拉著我下車，向前走去。「就是這裡了」，眼前是一面破舊的木門，隔著門框看過去，後面是一大塊水泥地，水泥地上整整齊齊地排列著一些陳舊卻又完整的紅磚地基如石椿般立著。房子呢？我震驚地看著眼前的殘垣破瓦。想到房子，想到裡面的歡聲笑語，以往的人，以往的情，好像都在微雨中消失了！

咪咪姊告訴我，因為房子沒有好好維持，失修破爛，終於倒塌了。市府有心，把上面的木造材料拆除，留下了地基，當成古蹟保留了下來，成了知名的「基隆要塞司令部校官眷舍」遊覽區，讓遊客瞻仰憑弔。

「再帶你去看要塞司令部。」咪咪姊帶我到了另一個重建的古蹟保留區，領著我走上二樓，指給我看：「這裡就是爸爸當年上班的地方，他帶我來過幾次，我還有一點點印象。」

讀著牆上銅牌介紹「要塞司令部」內容，我受到第二次震撼。「基隆要塞副司令」是我們從小知道也聽慣了的伯父的官階。對小孩子而言，只是伯父的代名詞，是個沒有意義的稱謂。看到司令部銅牌上的解釋，我才明白，基隆要塞是台灣北部防衛的第一線。在那個時代，總司令由台北的高官政要兼任，而副司令要掌大權，負保防全責的。

原來我們常常撒嬌嬉鬧的三伯父，一位溫文儒雅，生氣就拚命寫毛筆字的老人家，當時居然是國家鎮守北疆的石敢當。

我在記憶深處挖掘，知道照顧我們一輩子的長工王永貴，是伯父的傳令兵。伯父在台北買了間違章小屋，讓爸媽去開麵攤維生。爸媽從基隆住處搬出來時，伯父要王永貴跟著爸媽一起去台北幫忙。我彷彿明白，為什麼回基隆時，孃孃總是在廚房忙得一肚子火，原來她的得力助手，被伯父撥來照顧我們了。我感受到伯父對爸爸，這個小了十歲的弟弟，充滿憐惜，時時暗伸援手的溫柔。突然了解，當年爸爸在妻病子幼的窮困無援中，得以撐著這個家，原來是背後有一塊巨石，隨時可以靠上去喘一口氣的。

咪咪姊常說，她覺得最幸運的，就是當年爸爸媽媽把她送給了三伯父、三伯母。這對養父母對她，比對親生女兒還要嬌寵。

很奇怪，別人家做官都是越做越有錢，只有伯伯家越來越窮。孃孃常隔著籬笆向隔壁許媽媽（作家溫小平的外婆）家借錢。我們從小就不明白，伯父明明官階最高，為什麼反要跟官階低的人借錢？

後來才知道，當時大家生活困苦，都是分期付款買冰箱、買電視。買時需要人作保，就來找伯父。大同公司看到是伯父作保，馬上成交。而只要來上門的軍中屬下、選區居民，伯父一概不拒絕，替他們作保買家電改善家庭生活。而那些後來付不出錢的，都得伯父買單代付！所以常常發薪水的第二天，大同公司的職員就來把伯父大部分薪水拿走了。

孃孃氣得跟伯父大吵，伯父只是苦笑地說：「都是窮鄉親、老部下。人家也是付不出來才賴帳的。」孃孃大罵：「每個窮人家都比我們有錢。」原來就算伯父退役了，他也還要顧著老部下們，替他們擔一部分家中辛苦，默默地在最看不見的角落支撐著大家。

窮苦是看得見的。一次颱風過後，爸媽帶我們回基隆探訪，看到伯父和咪咪姊冒雨穿著雨鞋，在後院泥濘中撿拾被風吹落的屋瓦，形狀還整齊的，就堆疊起來，等著天晴修補屋頂。還有一次，伯父和咪咪姊拿斷裂的木塊，修補著破籬笆。我和爸爸在風瀟雨晦中，站在簷下，幫不上忙。爸爸滿臉雨水，盯著他的老哥哥，一句話也說不出口。

咪咪姊結婚後，知道伯父退休，生活枯燥窘迫，常常塞錢給伯父，要他打小牌消遣。伯父去世後，孃孃在他的一個西裝口袋中，找到全部的錢，連信封都沒有開，用橡皮筋綁著，寫著：「咪咪給的。」咪咪姊和孃孃兩人拿著綑紮在一起的信封包淚眼相對。這位老人，不論困窘，老邁，總是要堅石般為女兒挺著，留下每一絲一毫，不忍動用。

咪咪姊保藏了伯父去世前幾個月寫的日記，我一邊翻看一邊笑了起來，日記中常常寫著：「今天又打了個小牌，又輸了，雲（三伯母）打得比我好，贏了些，我深深覺得不應該再做這件事了，應該好好看書寫字修養性情。」一位七八十歲的老人家，叱吒一生，年老了居然為自己打牌的小嗜好而每天自責。

日記中夾著幾張泛黃的舊文件，我好奇地仔細翻看，是三伯父填報，由陸軍少將司令核符的作戰紀錄，我撫着上面手寫的字，「經過一日一夜之攻擊，於拂曉時將山頭攻占將敵完全擊潰。」「經天晝夜之苦戰終被我11D擊潰……至廿四日又以七個縱隊兵力向我臨眴（？）之整八師攻擊至六月三十日又被我擊退，匪逐向桓台方面潰退。」（戰爭六十三天，部分字不清楚）「炮兵部隊發揮高度效能，匪終以傷亡慘重被擊潰退後在袞州附近。」（戰爭十八天）

這些泛黃紙張上快要模糊的字跡，不是教科書中印刷出來的，是伯父一筆一筆，用他和身邊戰士的年輕生命，畫下的家國血淚。

翻開下一頁，是伯父的軍履卡。我好奇地看著他從一位砲兵見習、少尉班長、中尉排長一路做到少將副司令的倥傯一生。突然，單位主管姓名中，有三個字抓住了我的注意：孫立人，那位以不滿一千兵力，擊退數倍敵人，救出十倍英軍，打下中國遠征軍入緬後第一場勝仗「仁安羌大捷」，並訓練防守金門第一線201師，對古寧頭大捷有功的「東方隆美爾」——孫立人將軍。原來孫將軍曾是伯父的直屬長官，但這樣的鐵血兄弟，功過都得共享。

在軍履卡上，除了羅列伯父的徽章獎勵外，在懲罰欄上，居然記著在民國四十三年六月記大過兩次，四十三年十月再記大過一次。而四十三年，剛好是孫立人將軍開始遭受清算的一年。

我記起了爸爸曾經說過，伯父因牽涉「匪諜案」兩次降職。在那個歷史大時代，人們對這種事總緘口不語。四十二年後，我卻不小心翻到了這一頁。我到網上去查看孫立人將軍案件，一件莫須有的罪名，牽涉到孫將軍周邊的三百多位直屬部下。網上資料指出，最後因美國干涉，案件沒有造成太多的死傷。我似乎可以體會到，一生正直忠信的伯父，為何散盡家財去幫助他的部屬們。在他心中，是否體會到老長官的無能為力，手握兵權退敵無數，卻手無寸鐵護衛自己和部屬，所以伯父努力去照顧這些為國棄家的退役部屬，努力地站成一塊孤傲的石垣，無愧於天地。

日記停在一九八一年三月二十八日，那兩天伯父伯母到台北看了懷孕中的咪咪姊，一起吃了當時著名的「徐州啥鍋」。隔天到我們家和爸媽吃午飯聊天。晚上去看大堂姊，大堂姊約著伯父母去吃他們愛吃的「同慶樓」，吃完飯，正開心地商量著要帶些什麼菜回去，伯父突然說喉嚨痛，要大堂姊替他打開領帶，接著就倒了下去，還沒有到醫院，人就走了。

我的伯父邱書硯先生，字叔棟。山東大學文學系畢業後，響應十萬青年十萬軍，投筆從戎，黃埔軍校八期畢業。陸軍大學十六期。戎馬一生，保了國，衛了家，寵慣著妻女，照顧了鄉親部下。無病無痛，飄然離世。

時移日遷，屋倒房塌。但我知道，有些石樁不倒，永遠立在那裡。

最珍貴的遺產

很久以後我才知道，程鴻圖，程書記官，程叔叔，把他的房子留給了我。

當年，爸爸文弱書生，攜家帶眷跟着帶兵打仗的伯父，一起撤退到基隆要塞司令部。伯父兵務倥傯，無暇照顧。爸媽只好到台北東和寺旁的違建區擺了一爿小麵攤。

爸爸自立門戶後，還持續來家中拜訪的幾位老兵中，程叔叔大概是官職最高的。所以爸媽總稱呼他：程書記官。

那時候程叔叔已離開軍職，在外工作。每個週末沒有趕去基隆伯父家拜訪老長官，卻總是跑來台北看望我們這些嗷嗷待哺的孩子，帶些食品來，或者塞些錢給爸爸媽媽。

惇惇君子，進退有節。來了，就正襟坐在店裡的桌旁講上幾句話。

不知為什麼，程叔叔特別喜歡我，想要收我做乾女兒。爸爸是北方世家，書香門第，並不懂南方人這種人情酬酢，所以一口回絕：「我們家女兒自己養，再窮，也不送人。」

我當時太小了，只能想像著程叔叔當眾被拒絕的難堪。這件事就此不提。程叔叔仍然每個週末到家中來拜訪。有時帶弟弟出去玩，替他買玩具。「我記得這件事，程叔叔帶我去七堵，那是我生平第一次出門去玩。」已滿頭白髮的弟弟，到今天提起那一次七堵遊玩，仍然兩眼閃著光亮。

但是程叔叔從來不曾單獨帶我出門，記得八歲的我曾經哭鬧過一次，他只苦笑著說了一句我當時聽不懂的話：「不方便。」爸爸和伯父談起他，總是說：「正人君子。」

後來，程叔叔在我們家附近買了一小戶違章建築。他那時住在公司宿舍，並沒有搬過來住。房子就租給了一戶和我們家同樣擺麵攤的人家。程叔叔託爸爸替他管理房子，但是他從來不拿租金，只說：「留給小君做學費。」

他仍然常常到家裡來坐一坐，買點禮物給我們，大家都知道他是最喜歡我的。

慢慢就這樣長大了，再濃的情意，也被吹散在歲月的大風中。

程叔叔過世時，我已經在異鄉奔波。很久以後的一次閒談，爸媽才告訴我，程叔叔最後把那間房子留給了我。他的堂姪兒來報的信。爸媽看這位任軍職的堂姪環境不好，人非常正派，就把房子轉給了他。

這些都是我當時不知道的事。過往，只是亂世中的一絲漣漪，風吹過，就消散了。我也許只是他心中曾經有的一個牽掛。也許我讓他想起了曾經的什麼人。

歲月走了，人走了。我突然了解，我的第一間房子，是程叔叔給我的。

雖然我從來沒有擁有過，但是他為一個沒有血緣的八歲小女孩，用盡了心力。我相信當年程叔叔那房子每個月提供的房租，為窮途末路的我們家，在黯夜裡打開一隙出口，讓我們可以趨光向前，走到爸媽的頤養天年，走到我自己的安穩富裕。

程叔叔，我沒有接下你遺留給我的房子，但我仍繼續在異鄉吐納你的傳世遺風——華夏正心，衣冠君子。

幸運的我，留下了你最珍貴的遺產。

兩個饅頭

夜，深得像個黑窟窿，四野俱寂。

後門咿呀一聲被打開，又咿呀一聲，被輕輕關上，好像沒有關緊，感覺有些風輕輕地沁了進來，冰冷的。

桌上兩個饅頭，摻了包穀粉，暗褐色。我的母親輕輕摸著饅頭，早涼透了，硬硬的。

怎麼會是這個時候，怎麼會是饅頭。母親想，該只是做了個夢吧。

這夢裡，我的外婆推開門，小心地反身把門關上。裹過又放大的腳，穿著一雙灰透了的藍布鞋，左鞋尖破了個洞，一小塊指甲裂出來，好像沾著血。母親觸目心驚，剛想蹲下，外婆沒讓她細看，湊上前低著聲說：「他們把你爸爸押在家，要我來帶你們回去。我沒叫車，暗地裡走來的，就是來交代你們一聲，爸爸叫你們快走，千萬不要回家。」

走來的？高密到青島，一百一十二里路！

母親又低頭看向外婆的腳，燈黑，看不清。

外婆叨叨絮絮交代著，身為女婿的父親謹慎聆聽，而母親只是伸手去拿那饅頭。拿起饅頭，母親輕輕摸了摸，好像還有外婆搗著跑了三天兩夜的體溫。忖度，「媽媽跑了出來，爸爸一個人被押著，在家面對那些土匪，不害怕嗎？」

母親把饅頭放在鼻下輕輕聞著，硬實的麵團裡，有老家廚房工人們揉麵吆喝著做飯的聲音。年幼時，母親老是溜進廚房，喜歡那煙霧瀰漫的熱氣。「桂潔，地上滑，當心別摔了。」工人們一見她進來，就忍不住叮嚀。外公外婆都受過高等教育，不讓工人們叫母親小姐，直喚小名「桂潔」。

母親當時並不知道，在外婆那個年代，女子上學是多難得的機會，裹過小腳又再放大的外婆，是攀著爬著，磕磕碰碰掙扎了多長的路，才能在青島當上大學教授。

也只有這樣的奇女子，能夠像隻驚獸般連走百里，只為了當面來囑咐寶貝小女兒一聲「爸爸叫你千萬不要回家」，然後腳不沾地，回頭便走。

記憶裡廚房的煙，迷濛了母親的眼，她想著：「爸爸被押著，那廚房的阿福，王媽媽，打雜的小豆子，都怎麼了呢？」

從小，母親就受外公疼愛，外公總是告訴母親：「我們朱家的小女兒絕不受苦，爸爸會護你一生。」

說這句話的爸爸，現在要他們快走不要回家。她不知道該相信哪個爸爸？

母親揣想，外婆是如何把饅頭包了又包？是怎麼走出家門的？只是默默和外公對看一眼，還是說了什麼臨別的話？是如何披星戴月一路跋山涉水？吃什麼？喝什麼？如何呵護著懷裡的饅頭一如護著兩隻幼雛？只留了一句叮嚀便離開，是為了怕諸多連累，還是記掛外公？

外公和外婆都知道，除非外婆跑這一趟，母親是不會遠走的。就算已成婚，小女兒還是牽繫著老家爹娘。

在這場夢裡，幸虧有父親。

父親緊緊靠著母親，他的新婚妻子，用大手包裹住她的小手和手裡那兩個饅頭，支持住幾乎軟倒的母親。當父親指尖觸到饅頭的疙瘩，心裡才陡然一驚，富裕而雍容的岳父岳母，一向吃大白麵粉饅頭，蒸出籠的饅頭嫩得像嬰兒臉頰，而今岳母風雨兼程，走了幾個日夜，好不容易交到妻子手上的，卻是這樣兩個雜食饅頭。饅頭無語，但它們的粗糙有話：家道已經不同，吃不上大白饅頭了。

母親告訴我，她真希望那是一場夢。

一九三七年，土生土長的山東老鄉，宣告起義抗日。在沒有正規軍支持的情況下，組織武裝發動一系列革命，慢慢發展成正規化的山東縱隊。抗日戰爭中，因為地緣位置而使部隊重要性突顯，發揮了保家衛民的大作用。

沒料到，日本戰敗撤退後，山東卻是群雄割據，戰火再起。

槍彈無情，馬疲兵亂。最辛苦的就是鄉下小民小鎮，日出而作，日入而息，帝力卻天天在生活中摧民如芥。

彼時，我的母親和父親等在青島，時局動盪，打聽來的消息，皂白難分，全不知高密老家是怎樣凶險的景況。一片混亂中，就等來外婆和這兩個饅頭。

夢醒來。

父親扶著母親，拎起準備好的行李箱。該帶的什物早已塞在箱子裡，只是行程遲遲無法決定。是回家避避？還是往外走？

外婆留下的兩個饅頭，讓父親下定決心。「媽，你們放心，我會照顧桂潔的。」父親在心中向岳母承諾。三十出頭的他，哪裡知道此後經年，天各一方，風流雲散，獨自飄零。

父親拉著新婚一年的母親往前走，他知道岳父疼愛妻子，岳父既說走，必是非走不可：「走吧，過了這段動亂就沒事了，很快就可以再見面的。」母親慌得六神無主，只顧握緊兩手的饅頭，失神喃道：「爸爸呢？爸爸一個人在家會不會害怕？」

母親一路走進離鄉的夢裡，沒有再醒過。那晚憂心的呢喃，從來沒有得到回音。

到了台灣後，爸媽無以聊生，在路邊擺了個小麵攤，賣陽春麵和山東大饅頭，陸續生養了我們四個孩子。書生父親和千金母親，怎麼學會做饅頭的？我沒有問過。麵攤生意繁忙，捧著那剛出籠的饅頭，有沒有想起外公外婆？我從不敢問。我只知道，是一個又一個大白饅頭，為我們兄弟姊妹鋪上了跋涉向前的路，道途綿延，綿延了一萬零九百一十二里，來到美國，開枝散葉，落下了第三代、第四代，卻永遠無法為他們自己找到回故鄉的路。

九十八歲的母親，纏綿病榻日久，在最後那段時間裡，總是迷迷糊糊地喊著「媽媽」，不斷望著我重複地問：「爸爸呢？爸爸一個人在家會不會害怕？」我只是低眉輕輕撫著她枯瘦的手，無法作聲。

二〇二二年九月九日，母親走了，屬於她的回憶也一併結束。活了將近一百歲，等了七十五年，始終沒能再見到她的爹娘，沒有再當過一天寶貝女兒。

有時我想，人的回憶與夢境何其相似，既栩栩如生，卻又碰觸不著。我的母親用七十五年的餘生，心心念念二十三歲那年的一場夢，卻一步也靠近不得。

不管是大白麵粉蒸的或是摻和了包穀粉蒸的，那兩個饅頭使母親一夜長大。

此刻，母親自然是一點也不在意，她已經回鄉了，或許已經見著了外公外婆，一家人剛遊完了嶗山，逛過了樂道院，正回到廚房忙著、吆喝著，煙霧瀰漫。

門好像沒有關緊，冷風沁了進來，屬於那兩個饅頭的記憶，像一縷輕煙，飄散四野。

太陽雨

住在台北的人都知道木柵多雨。但是，好像只有政大人，喜歡說起太陽雨。

暑假到了，你要南下回高雄。我怕別離，彷彿先民逃難時失去一切的恐懼，歷經七生七世，在細胞中悄悄地留了印記。你用陪我弟弟聯考為理由，多留下幾天。我陪弟弟，你陪我。離別前婉約的手勢。

考完，我們坐指南客運送你回學校，空蕩蕩的宿舍，你孤單的身影，一邊揮手一邊跳躍，投影在長長的走廊，像是跳著最流行的舞步。年輕的你，相信地久天長。

開始的日子，一天一封信，我笑了。

慢慢地，三天一封。

慢慢地，一個禮拜才收到一封你的信。

兩個禮拜沒有收到你的信。剛好有住在南部的同學寫信來，提到在迎新舞會的黑暗中，看到你和新進的學妹們跳蹦蹦舞。

從未參加過舞會的我，只能在心中描繪著咚咚的鼓聲，舞動的身影和別離的恐懼。太年輕了，一定要做些什麼。一，定，要，做，些，什，麼。開學前兩個禮拜，你回到學校，我們走上醉夢。

出大太陽又飄雨的下午，醉夢溪旁，幾乎看不到人，日頭與雨雲沒有分出高下，在各自的領域具足自己。身後隱約傳來球隊打球的喧譁聲，喊叫，奔跑，都是青春的樣子。

微濕的草地上，坐著你，站著我，姿勢剛好適合太陽雨。一陣沉默後，我說：「我們分手吧！」

你問：「為什麼要分手？」十八歲的女孩，怎麼懂得解釋心中的痛，怎麼跟你說隱藏不住的嫉妒，怎麼認得自己心中千千萬萬個彆扭呢？只能沉默。

身後球場中傳來呼叫聲，提早回學校的同學們在賽球。總是有人贏了，有人輸了吧。沉默伸展得太囂張，我又說：「我們分手吧。」

太陽還是笑著，小雨仍然飄著。過了一下，你問：「什麼叫分手？」

不會再有人噓寒問暖了，不會再在一起吃自助餐了，下課鈴響再沒有人等在門外了。你和別的女生說話我再也不能生氣了。

還有什麼？誰管呢。

總是有什麼，硬要把這磨心的五個字從心底深處拉出來，攤在太陽雨下，讓天地看個清楚明白。似乎，這樣才能有一個空間，透一口氣。

依稀記得那段感情又狗尾續貂地拖了兩個禮拜。一段夏日戀情註定多雨，在滾滾人生的翻攪騰拌中，和為泥水。離開校園，再遇見太陽雨時，旁邊不再有溪。

只是，半世紀後，偶爾看到太陽，偶爾撫著小雨，心中仍然會有一絲隱隱的牽痛，仍然看得到那個倔強女孩眼角的一點亮光，仍然聽到她硬聲說「我們分手吧」時，脣齒間的軟弱。

偶爾，想到太陽雨，我總是不自覺地環抱起雙臂，像是要環抱住那個暑假。

輯二——市街

那一場錢雨

「你是小君嗎？我是茱莉，你還記得嗎？」在台灣度假，半夜被電話吵醒，迷迷糊糊地拿起電話，是個熟悉又陌生的聲音。「記得，當然記得。可是我現在人在台灣。」半睡不醒的我，直覺地回應。

「好好好，我再打給你。」

掛了電話，我反倒醒了。看著手中電話，是夢嗎？好久遠的夢。真的是故人來電嗎？

一九八〇年，我的依親路斷，政大新聞系畢業的高材生，在美國這個陌生國度，一籌莫展。當時洛杉磯只有三家中文報社，一家中國超級市場，和一些說廣東話的中餐廳。餐廳和超市打工都需要會說流利的廣東話。我硬著頭皮去報社應徵，總編輯兩腳蹺在桌子上，用鼻孔告訴我沒有職缺。我抹抹淚走了出來。

輾轉知道華埠服務中心有一個就職訓練的計畫：求職者參加三個月的訓練，每天早上八點到下午五點，到中心去學習計算機和打字機的應用。訓練期間由服務中心付最低工資。三個月訓練結束，全勤且通過考試，服務中心會幫忙介紹工作。這個計畫提供受訓者前六個月的一半工資，所以有公司願意和華埠服務中心合作，提供工作機會。

我受完就職計畫訓練後，被推薦到市中心一家運輸轉運站做最基本的電腦資訊輸入工作。每天轉兩班公車到公司，低眉斂容，小心翼翼，就怕在試用期做錯事被開除。

公司同事中午常從附近咖啡店叫午餐。我發現送餐來的居然是華人，就此認識了台灣同鄉西西和茱莉。

那時手中拮据，一個錢打五個結，但是為了捧同鄉的場，偶爾跟著訂一兩次外賣，和西西、茱莉也比較熟了。有時西西送外賣來，就把我接到她們店裡，趁著午休時間，和她們兩位聊聊天，上班時間到了，再開車把我送回去上班。

獨自在美國，可以聽到鄉音，即使口中吃的是不習慣的西餐，彷彿也有著故鄉蔥油餅的溫暖，撫慰著常常跳進眼眶的鄉愁。

公司工作環境非常辛苦，當時不懂，現在知道那叫種族歧視。女上司不許我用微波爐熱開水，說沒有人喝熱開水的。工作時不小心輸入錯了字，需要站起來背對著電腦，面對大家好奇的眼光，讓她重新改密碼才能坐回去工作。最難堪的，是常常丟來一句：「不想做就走，別忘了有多少人在門口等你的工作。」

終究年輕沉不住氣，在一次她這樣說完的時候，我拿起皮包，走出了公司。

無故離職，不好意思再回華埠服務中心。微薄的儲蓄，還不夠當季寄回台灣的孝親費。我每天走在中國城，坐在國父銅像前的長椅上看著行人，咀嚼著古人的話：百無一用是書生。

無計可想的一天，門鈴響了，我去開門，門外居然是西西和茱莉，手中捧著一大堆吃食。

我哭了起來，說了什麼完全不記得了。天地間沒有人還記得自己的那種淒楚，被她們溫暖笑容搗暖了，言語已經不重要了。

臨走前，茱莉在我手中塞了一百美元說，「一點點，留著用。」

當時我上班的薪水是三塊錢一小時，上了幾個月的班，還存不到一百塊，這一百塊夠我度過難關了。

為生活掙扎的日子，是石火光陰。斗轉星移，幾次搬家，和西西、茱莉失掉了聯繫。我曾帶著女兒們找到西西和茱莉的咖啡店，但是已經易主了。年輕時不懂得人生會擦肩而過，連她們的中文名字都沒有問過。去哪裡找人呢？

四十年了。四十年後，居然夜半接到了茱莉的電話。

我算好時間回打電話給茱莉，她告訴我因為在報上看到我的文章，打電話到報社，幾番輾轉，千辛萬苦找到了我的聯絡電話。

「你們還好嗎？你們還好嗎？」我好大聲地問，電話兩頭隔的不只是太平洋，是四十年的光陰，是失去聯絡的老友，是在我最需要幫忙時，老天爺送來的天使。電話那一端，是曾經給我最多溫暖的故人，居然回來找到了我，就像她們當年，找到忘記說再見就轉身離開的我。

電話中聊著這中間來不及彌補的四十年，她們兩位都已經近八十歲了。

「當年，你們那個一百塊替我度過了好大的難關。」

茱莉說：「你還記得呀？」

怎麼會不記得，那是我的及時雨，是天上掉下來的錢雨。我用來付房租、買食物，還有，換零錢打電話找工作，東踅西倒地從泥地裡攀爬出來，斗折蛇行地走到現在。

親愛的西西和茱莉，你們的溫暖，替我消融了人世的堅冰，讓我敢於千里孤帆，披波斬浪，在美國這個異地走出自己。

我想告訴你們，每一年，我都會為房客們送上一百塊禮卷。因為你們很早就讓我看到，在某些時候，這會是某一位絕處逢生窮困人的及時雨。就像當年老天給我的那一場錢雨。

洗衣店裡歲月長

有一次和墨裔先生比爾吵架，鬧著要離婚。弟弟提醒我：「比爾是和你一起吃過苦的，想想看開洗衣店那段時間。」

啊，經他一說，不禁想起開洗衣店的那段時光……。

一九八八年，我和先生一起在百科全書做銷售員，認識了開乾洗店的凱西和亨利夫婦。他們常常建議我們開乾洗店，說是盈利很高。沒有一技之長的我和比爾，心中非常羨慕。

這麼巧，一次賣百科全書，買書的客人提起他們有一家剛開的乾洗店，四位股東不和，想要賣店。對生意完全沒有概念的我，以為乾洗店就是印鈔機，立刻和亨利夫婦聯繫，他們一看就喜歡，約好兩家合買。當時店的要價是十八萬美元，我和比爾東湊西擠了九萬塊，開始等著日進斗金。

還沒有過戶，就發生了變化，亨利夫婦告訴我們：他們很喜歡這家店，希望獨資買下。凱西善意提醒：「你屬羊，亨利屬虎，羊入虎口對你不利，建議你們把這家店讓給我們，你們再自己去找一家店，我們會負責把比爾訓練到可以獨立作業，獨撐大局。」

我明白開乾洗店完全要靠亨利夫婦，所以欣然同意他們的建議。比爾開始每天到他們店裡去受訓，而我則專心尋找另一家店面。

對生意外行的我，手中有九萬塊，在報上分類廣告找到一間叫價十萬元的乾洗店。和朋友借了一萬，就這樣糊裡糊塗做了乾洗店老闆娘。趕在和凱西他們的新店同一天開張大吉。

乾洗店真的賺錢，但是財源並非滾滾來，而是一步一躑躅。把客人送進來的髒衣服，一件一件釘上號碼，按衣標分成乾洗濕洗，乾洗的丟到乾洗機器，濕洗的丟洗衣機，需要另外處理的，放進處理籃。處理籃的衣物，需要先洗先刷，把特別髒的部分洗淨，才放到乾洗籃中，湊到足夠分量時開機。洗完後，放到熨燙區，熨燙工人一件件燙完後掛起來，我再依收據上號碼分類，一位客人的衣服收齊了，套上塑膠袋，釘上收據，吊上電動旋轉掛衣架展示，等待客人來拿。客人拿衣付錢，才算進了毫金。

開店時間早上七點到晚上七點，先生五點出門，開一小時車先到店裡去裝藥水，開機器，讓乾洗機慢慢加溫。好在一開門時客人不多，我七點鐘帶著睡眼朦朧的女兒從家裡出發，到了之後我負責前台，他管後台，另請了三名熨燙工人。怕當時三歲的寶貝女兒到處亂跑，就把她放在處理籃中，先生一邊洗衣服，一邊看著她。

店裡太忙，我們請了一位櫃檯小姐。忙了幾個月，結帳的時候，怎麼不賺反賠？凱西是內行專家，只看一眼，就告訴我小姐偷錢，帳本上每天缺了二十、三十塊。一錙一銖的微小盈收，就這樣沒有了。無奈地請櫃檯小姐離開，我只好又親自出山，蓬門婦當櫃收衣。

對比爾而言，做乾洗店對他最大的痛苦，就是沒有冷氣。因為熨燙機會發出熱蒸汽，為了怕開冷氣造成濕氣，損壞客戶的衣服，只好不裝冷氣。機器運作，燙衣機冒煙，只靠前後門打開通風。冬天很溫暖，但是到了夏天，外面太陽燠熱，屋內機器更加添三分溫度，比爾常常寧可晚上漏夜開機洗衣服，躲掉白天爍石流金的折磨。

我們對殘障人士提供免費服務，有位殘障人士，每天坐輪椅來，衣服疊得整整齊齊，我們很樂於替他服務，舉手之勞罷了。但另一位先生，每次都把非常髒亂的衣服丟給我們，甚至上面還有大小便。當時年輕，非常生氣，曾警告他再這樣做，就不再提供免費服務。但等到年歲漸長，漸漸了解到年老力衰虛弱時，要照顧自己是多麼不容易呀！

對警察先生，我們提供折扣服務，每週一他們把一百件制服送過來，洗完以後送回，算是警民交流。這個經驗讓我養成了一個習慣，二十幾年來每次碰到警察，我先注意他們衣服皺褶燙得夠不夠堅挺。

那時候，絲織類還是豪華用品。有一位中年的女士送來一件綠色絲質洋裝。新的櫃檯小姐注意到袖子上面有些白色褪色小點，所以特別告訴她，我們不保證洗完的品質，客戶也同意了。但是拿到衣服時，她堅持上面的白點是被我們洗壞的，要求賠償，我們拒絕了。

沒有多久收到小額賠償法庭的通知。

美國的小額法庭，是為了一般比較小的爭執而成立，賠償不超過六百美元。原告被告自己出庭，不可雇用律師。我英文不好，儘管作足準備，帶著店裡「不擔保絲織品」的標誌及客人簽名同意書出庭。但是法官判定衣服被洗壞了，要賠兩百美元。

兩百美元是我們洗一百件襯衫或五十件洋裝的收費，這對當時的我們，是一個很大的打擊。沒想到時至今日，滿坑滿谷的絲質洋裝，物美價廉。

有一次，客人的淺黃色長褲有點髒，比爾噴灑一些漂白水，形成長褲上的白點。比爾緊張，問我怎麼辦，我也緊張，只有將錯就錯，把整條褲子都丟到漂白水裡吧。牛仔褲洗成雪白，客人看到高興得不得了，說從來沒見過褲子這麼潔白如新。

白雲蒼狗，人間事無人可料。亨利夫婦看上的店，裝潢豪華，地點適中，但是生意卻非常糟，有時候一天只收到四、五件衣服託洗。而我在報上胡亂挑來的店，卻把我們兩個外行人忙得汗流浹背，滿面征塵。我們常常把衣服外包給亨利他們，讓他們可以正常開機，另一方面也報答他們對我們的指導提攜之恩。不是他們，我們不會走到這一行。

勞累的工作，一件一件，一分一毫賺來的錢，帶著我們走到了安穩的生活。我們正考慮著把四歲的寶貝女兒送去私立幼稚園上課，老天卻不饒人。婆婆健康報告出來，發現身患四種癌症，而且都到末期，比爾立刻把健康報告藏了起來，不忍讓老人家看到。

每天十五小時的工作，加上擔心婆婆的身體，比爾變成綠巨人浩克，每一件事、每一分鐘都準備爆炸。我自己也身心俱疲，還要照顧四歲小女兒，每天披的是寒星，戴的是冷月，戰兢地踟躕在冰冷的人生道路上，眼前看不到任何選擇。

媽媽的一番話：「錢永遠可以再賺，媽媽只有一個，你婆婆身體這樣，比爾這麼忙，沒有時間陪她，將來比爾一定會後悔的。」提醒夢中人，我立刻去找比爾商量，比爾還在夢中：「媽媽很快就會走，把店賣了，我們以後吃什麼？哪裡再去找到這種收入的生意？」我們都沒有答案。

生意在做，日子在過，婆婆在病弱。

一九九一年一月十七日，波斯灣戰爭爆發，滿天的新聞影響到我，飛機轟轟地飛，一顆炸彈落下，千百條人命就沒有了。

我心一橫決定簽字賣店。任憑比爾在身後哇哇大叫。

經紀人問賣店價格，比爾無理取鬧，喊了一個不合理價錢，我為了安撫，就暫且同意。緩兵之計沒有用，賣店過程中，比爾鐵口不減價，否則他拒絕簽字。

比爾故意叫價高，因為他不願意賣店，怕斷了生計無法照顧我和年幼女兒，我怎麼會不知道。但是婆婆身體一天比一天糟，並不等人。

老天果然有安排，一對韓國年輕夫婦用我們要的價格買下了店，在波斯灣戰爭結束的二月二十八日那天，完成過戶。

當天，先生就搬去婆婆家同住。三個月後婆婆過世，走前私下告訴小姑：「我不知道發生了什麼事，但是我知道比爾賣店是為了我，我很滿足。」

莫名其妙地走到乾洗店這一行，十三個月後，又被莫名其妙地推出了這一行。

想到那些日子的辛苦，我對比爾的任勞任怨，有無限的感念。

My ice cream

我不知道，四歲女兒的哭叫：「My ice cream」，是不是改變了一些人的命運。

那年，我們決定買間披薩店來經營。手中的錢，是我和先生比爾結婚五年來所有的儲蓄。我靠著在中國餐廳打工的一點經驗，每天和先生開車帶著女兒到處研究周邊披薩店的生意，記下標的店客人的進出情況，謹慎地做著紀錄比較，希望能做出最好的選擇。

那個星期五晚上，按計畫到鄰區的披薩連鎖店。說好先生在車上等待，我帶著四歲女兒進去觀察半小時，出來再討論。

心疼女兒，和為了稻粱謀的我們跑來跑去，又要無聊地枯等半個鐘頭，我先在隔壁冰淇淋店替她買了個冰淇淋，母女倆開心地手牽手要進披薩店。店門口分站著四個彪形大漢，看到我和女兒往裡面走，有些要攔阻的樣子。我的目標導向是要進去看生意，所以側身避開他們的阻攔，牽著女兒堅定地進到店裡。

進店後感覺氣氛詭異。櫃檯沒有人。週末應該喧譁熱鬧的店裡，居然沒有聲音，生意這麼差，這家店不可買。這時，我才看到客人全都蹲擠在對面牆角，在那一堆人群前面，站著三個戴著面具的怪人。我和女兒的突然闖入，讓時間和聲音都停頓在那一秒鐘。

我第一個念頭，完蛋，碰到搶劫了。第二個想法：想告訴搶匪，我們不是來吃披薩的，我只是來看生意，我無辜，不要害我。

這時理智抬頭，我看了一眼三名大漢和他們手中不知握的什麼，再看了一眼我們和門口的距離，低頭抱起女兒，翻身就往門外衝。剛衝到門口，女兒的冰淇淋掉到地上，她開始大哭大叫：「My ice cream! My ice cream!」門外的四名大漢被突來的小女孩尖叫聲怔住，竟一齊低頭看向掉在地上的冰淇淋。我擠過他們就往車上跑，來不及關車門，我告訴先生：「快打電話報警，裡面有搶劫。」先生比爾到底是洛杉磯南邊幫派地區長大的，反應夠快，立刻倒車衝出現場。

我們先打電話報警，再回頭去安撫仍在哭「My ice cream!」的女兒。在隔街替女兒買完冰淇淋，聽到路上警車大鳴，警燈四閃。我終於說得出話來，問先生：「奇怪，感覺門口前面四個人明明知道裡面有搶劫，他們為什麼不報警呢？」先生告訴我：「那些根本是一夥人，就是在門口把風的。」

怪不得我要進去時，他們想要阻止，我硬要進去，他們以為只是多了一對倒楣鬼而已。沒想到才過了一分鐘，我和女兒在尖叫「My ice cream!」聲中衝了出來。我心中沒數，一心逃命，無懼無畏地推開他們，衝上了先生的車子，反倒耽擱了他們四人阻止我的反應。如果今天換成高頭大馬的先生和我們一起進去，他們有了戒心，我們大概就不會如此容易脫身了。

幾十部警車鳴叫包圍，那批搶劫犯應該都已落網，那些蹲跪在角落的受害人，應該也都安全回家了。直到今天，我仍然不知道女兒的那聲：「My ice cream!」是不是改變了一些人的命運。

每次拿著甜甜的冰淇淋，我總是輕輕謝謝上天的眷顧。

敲敲門，你在不在？

撫今追昔，我曾想盡辦法，甚至再回到芝加哥大道那座有著「EB」標誌的大樓，卻再也找不到當時公司的訓練手冊——大英百科全書（*Encyclopedia Britannica*）的推銷員手冊，那是我做生意及推銷的啟蒙書……

一九八三年，失業的我每天翻著報紙求職專欄，看有沒有合適的工作。「找翻譯，每小時五美元」，突然跳入我面前。這是我在美國第一個事業的通關密語。

登廣告的是一位俄國來的大英百科全書推銷員，他手上有幾個公司給他的華人名單，所以登了這個廣告。工作就是和他一起去敲門拜訪這些中文姓名的客戶，當對方不會說英文時，替他翻譯。

敲敲門的日子展開，我跟在他後面，才知道工作單純，但老闆不好相處。順利成交，賓主盡歡時，我開懷笑一笑，老闆說「沒有你，這一單我也做得成。」推銷不成功，還沒到門口，他就破口大罵，罵我，罵客人，罵公司。

跟在俄老闆後面敲門，辛苦工作兩星期，老闆居然拒絕發薪，他說沒有我他也照樣做得成那些生意。我咬牙認了，但當時的墨裔男友比爾拉著我去理論。一見到比爾，老闆立刻寫支票付給我，但同時我也失業了。

山不轉水轉，既然知道有大英百科全書這家公司，而且有了沿門推銷的經驗，我翻電話本黃頁，找到市區的經銷處。一對熱誠的黑人夫婦接待我，拿出銷售手冊，一頁一頁地解釋給我聽，就此開始了我的銷售訓練。

大英百科全書在一七六八年問世，是世界上最具權威的百科全書。由一百多名全職編輯和超過四千名專家編寫而成。三十大冊，內容精準。這是一家億萬元營業額的公司，在全球都有經銷商。光在美國就有一百多家分公司，四萬多名推銷員。

公司的推銷制度非常健全，由公司在報刊雜誌電視各處打廣告，有興趣了解百科全書的讀者，填寫姓名地址，就可以免費得到一套三本的英英字典。公司收到這些名單，按照區域分配後，以一張六美元的價格賣給各個分處的推銷員，推銷員向公司買了名單，就可以按照地址敲門推銷了。

我在公司接受完訓練，拿著裝有銷售手冊和樣本的公事包，開始百科全書敲門銷售的工作。

最早拿到的名單範圍是洛杉磯市中心，我不知道那是個龍蛇雜處之地，一般人天黑後都不敢走在路上。連著幾天敲門出師不利，比爾擔心我的安全，在下班後開車載著我去敲門。

那天敲的第一個門，是一位墨西哥老先生來應門，進到門裡，看到小小的空間中，廚房臥室客廳不分，像個小豆腐塊，有一種怪怪的，我沒有聞過的味道飄浮著。

我緊張地把銷售手冊拿出來一頁頁唸給老先生聽，他嗯嗯哦哦地應著。比爾在旁邊拉拉我，說：「他喝醉了，根本不懂你在說什麼。」我做事做全套，介紹完畢，比爾拉著我就要走，那位老先生居然說：「我要訂一套給我的外甥女。」

我心花怒放地寫訂單。當時的百科全書一套一千零九十九美元，頭款百分之十，一百零九元。老先生在牆角一堆酒瓶中，手顫顫地找出了一個信封，數出了一百零九塊現金交給我。寫完老先生的信用申請資料，我鞠躬再鞠躬，開開心心地賣出了我人生的第一套大英百科全書。

比爾生長在洛杉磯地區，對這些人事物洞若觀火，告訴我：「他喝醉了，糊裡糊塗下訂單，明天就會打電話來取消的。你看著好了。」大英百科全書客戶下訂單以後，有三天的取消權利期。

我拉著比爾到中國城的「山東餃子館」，吃了酸辣湯，合菜戴帽，還叫了十個水餃慶祝。真的成交了。雖然心中有著比爾埋下的「會被取消」的陰影，也隱隱覺得訂書的老先生實在是沒有什麼文化水平，也許根本沒聽懂我說的是什麼。提心吊膽地睡了一晚，雖然表面強作鎮定，心中總漫著隱隱的不安。

電話果然在早上九點多響了。那時並沒有詐騙集團，電話響一定是有重要事情，我接起電話，心中祈禱著，千萬不要是老先生打來的。

「哈囉！」果然是他，我翻白眼看著天花板，天花板上好像有著比爾「我就告訴過你不要做白工」的心疼，還有我第一張支票飛走的翅膀，一起飛的還有昨晚慶功宴的開銷。

「對不起，雪莉小姐，」老先生的聲音好像比昨晚清醒了那麼一點點：

「我昨天晚上醉了，腦袋不清醒。」「是的，先生。」我禮貌地應著。心想著怎麼樣安排行程去把他付的現金退回去，把我留下的合約和收據收回來。

「是這樣的，我有兩個妹妹，如果我替大妹的女兒買了一套好書，沒有替小妹的兒子買，她會殺了我。所以，可不可以麻煩你再回來賣我一套？」

什麼？我挖挖耳朵，搖搖頭，卻忍不住嘴角拉到耳朵旁。「是，先生；是，先生。謝謝！謝謝！」

我的第一個銷售成功紀錄，是賣出去了兩套大英百科全書。

從那個晚上起，我在大英百科全書做了六年的「敲敲門，你在不在」的銷售工作，靠著佣金支票，把爸媽接來了美國。

工作的第二年，比爾也辭職接受銷售訓練，和我一起雙打。他的支持，讓我在百科全書名人榜上閃耀了好一段時間。

人生的事總是奇妙，我們誰也不知道，老天爺下次敲敲門要帶來些什麼。

一碗麵的情誼

這次回台灣，和靜永同行。從訂機票、訂旅館，安排國內的行程都由她一手包辦。我是個生活白痴，只有乖乖跟在她身後的分。

朋友們總是不解地問，你們是如此不同的兩個人，怎麼可能走在一起？我是那種一句話要說出口前，總是先在口中嚼三次，怕惹了甲，又怕得罪乙，還要擔心傷了丙的情面；而靜永說起話來，一句話橫掃千軍，擋我者死，罵完了再跺三腳，還不忘回頭來怪我鄉愿濫好人。

靜永怕我吃虧，常常警告我不可相信外面社會的光怪陸離。這位大姊大說：「有事來問我就好了，我什麼都知道，我來告訴你。」

我唯唯諾諾地應著，一如當年……

一九八〇年，我的美國依親路發生巨變，存的一點血汗錢也被騙光，生活辛苦難熬。當時有位由台灣移民來、住在好萊塢附近的資深大姊，家中常有飯局，我和弟弟以及他的朋友，總是厚臉皮去蹭飯吃。靜永是座上客，只比我大兩三歲，已拿了兩個碩士學位，在兩家公司做會計工作，瘦瘦的臉，輪廓很深，有點墨西哥美人的味道，剪得短短的頭髮，說話自有一種不饒人的強悍，我常自慚形穢地躲著她。時光也就這樣慢慢溜走。

過了段時間，我病倒在家，咳嗽，發燒，一個人在病床上拖了很久，久到一次想喝水，起不了床，床旁的杯子中浮了一層青黴，我終究還是拿起杯子把水喝下去解渴。病中的異鄉客，是什麼都得吞下去的。

有天我實在餓慘了，無計可施，看到靜永無意中塞給我的名片。我看著名片想了又想，拿起又放下，終於厚著臉皮打電話給並不太熟的靜永，告訴她我好想吃一碗麵。靜永聽完電話，問了我的地址，馬上就開車過來。我那時住在中國城的一個小公寓，三分鐘就可以到中國餐廳。可是我當時特別嘴饞，就想吃某家指定餐廳的麵。靜永二話不說，扶著病弱的我，開了半小時車，走進那間小餐廳，吃了我渴望的牛肉麵。

吃完麵，貧病交迫的我，對起身要去付帳的靜永說：「靜永，這一輩子，只要我們在一起吃飯，我就替你付帳。」

我想我這個誓言一定說得氣若游絲，靜永大概從沒有放在心中。但是這個微弱的誓言，維繫著我們兩人，就算我們各自成家，各自有了自己的孩子，在生活緊湊的節奏中，總記掛著彼此。

個性耿直好強的靜永，後來在職場並不順利，先後辭去了兩個工作，就沒有再回公司上班了。我並不知道她如何捉摸盤算手中每天的時日。因為我有著自己的煩惱。

二〇一一年起，我先生進出醫院十三個月！看著因病因痛而暴躁取鬧的先生，胸口總糾著不忍，日日和兩個女兒努力想著多做些什麼可以讓他安穩。在這計窮的奔波中，我們委託的會計師看到公司賺錢，先生又病重，竟然趁亂把帳單從八百漲到九千美元。我急怒之下把會計師開除了。但稅季在眼前，怎麼辦呢？靜永知道這個情況，每天陪著新會計師幫忙整理我公司的帳目，再一次在我最脆弱的時候，扶了我一把，一如當年解衣推食，扶我下樓時的姿態。

一次，我為了合夥人太計較工人薪資而心生不滿，對著靜永發牢騷。她聽了以後，直接了當地提醒我：「她是你的合夥人，她每省下一塊錢，就有五毛到了你的口袋，我要是有這種合夥人，謝天謝地都還來不及呢。」一語提醒局中人，從那以後，我真心誠意地感恩合夥人對我們生意的貢獻，而我們的合夥生意，也長長遠遠地保留了下來。是做生意並不內行的靜永，用直言扶正了我的事業。

歲月漫漫也匆匆，四十幾年來，我和靜永從來沒有靜坐品茶聊天的時刻，兩人也慢慢走在不同的道路上。但是，我們都知道，只要撥這個電話號碼，對方一定會拿起電話，問一聲：「你ＯＫ嗎？需要幫忙嗎？」

當年二、三十歲的青春美少女，今天都已經鬢白髮稀了。然而，不論是人們眼中意氣風發的靜永，莽莽撞撞的靜永，得理不饒人的靜永，攔路罵人不排隊的靜永，在應酬場合笑語晏晏的靜永，在我眼中，都仍是當年仗義而來、扶我下樓去吃一碗麵的春風暖陽。

四十二年來，我不但記得我的誓言：「我們吃飯，我一定替你付帳。」我也記得在最孤苦的時候，靜永帶給我的溫暖，那份暖意如此綿長，讓我每每在看到別人需要的時候，也學靜永當年一般，挽著他們去吃一碗麵——吃一碗他們想了好久，香氣四溢、熱氣騰騰的牛肉麵。

大英百科全書之后

「媽媽，你得了什麼獎？」

一天，女兒拿著一張頒獎典禮的舊照片問我。我一看，笑了起來：「大英百科全書之后」（The Queen of Encyclopedia Britannica）。

現在大概很難想像推銷百科全書可以謀生，但我當年卻靠著推銷百科全書養家活口，買房置產。

因為大學學的是新聞，知道媒體廣告的重要，所以開始工作以後，就向芝加哥總公司申請，讓我在《世界日報》登了兩張名片大小的廣告。一星期出現三次的大英百科全書廣告，配上我的照片和姓名，為我開啟了華人市場。

華人是一個重視教育、敬重知識的民族，引進一套全世界公認最詳盡可靠的工具書，當然容易打開天下。

大英百科全書公司有一個「200俱樂部」——一年銷售兩百套，就是平均一星期賣出四套售價上千美元的百科全書，那只有百分之一的銷售員做得到，是全公司銷售員的夢想。

在加入公司的第一年，我就擠進了「200俱樂部」。剛好墨裔老公比爾在工作上碰到瓶頸，我鼓勵他辭職和我一起賣百科全書。多半是他開車伴著我到處去對客戶講解介紹。

有一次，到離家一小時車程的阿普蘭（Upland）賣書。來到一棟豪華漂亮的住宅，我和客戶鄭先生夫婦談天說地，非常開心，當我做完書籍介紹後，屋主夫婦開始哭窮講價。我把所有想到的優惠、特價，全部搬出來用了，介紹他們買了最經濟實惠的封面。夫婦二人還在繼續殺價，我實在沒有餘地可講，就把裝樣品書的絲絨書套送給他們，兩夫婦開心地說：「可以用來裝好多東西呀，我們正需要。」

在屋內就臉色難看的比爾，一出門就對我發脾氣：「這樣要賺什麼錢？樣本的套子給他，拿去根本也沒用，他們只是貪心，想賺便宜，我們卻還要花三十三塊向公司再買一個。這筆生意做下來，我們也許連油錢都沒賺到！」

比爾是外國人，不懂得華人買菜送把蔥要把蒜的道理，我只有陪著笑臉：「就算沒賺到錢，至少賺到了業績呀！」

過了兩天，突然接到陌生電話，原來是鄭先生夫婦的朋友要買書，也是在阿普蘭。我們再次開車過去，賣成了一套，這對夫婦也許環境比較好，買的是限定收藏版，書價高，我的收入也高，我們滿心歡喜地開車回家，一小時的車程像是裝了風火輪，一點都不覺得遠了。

第二天接到鄭太太的電話，我正要開口謝謝她的推介，她卻抱怨為什麼她朋友買的書是兩千多塊一套，而我賣她們的這套才一千多塊。我向鄭太太解釋，「因為想替你們省錢呀，其實內容都一樣，只是封面不同而已，你朋友買的是限定版，你們買的是經濟版，差別只在封面。」

鄭太太怪我：「你難道不懂得我們華人，為孩子教育是捨得花錢的嗎？」立刻在電話中把一千零九十九美元的訂單，改成兩千兩百九十九元的。

我連連道歉，樂於從命。過了兩天，又有鄭先生夫婦的朋友要買書，都是同一家醫院的醫生家庭。

送掉的那個絲絨書套，花了我三十三塊補買一個新的，也替我帶來了三十三套真皮封面限定版的訂單。華人熱心教育，關心朋友，就是這些渾金白玉的良善，把我一再推到公司的「200俱樂部」中。

我去賣書時，一定要求孩子們在場，詳細地教他們使用的方法。因為真正用書的是他們。如果孩子們不在，我寧可另約時間，再跑一趟。把一套三十二冊、四千四百萬字、涵蓋五十萬個主題的工具書，介紹到一個個華人家庭，讓學子知道怎樣使用工具書擴展自己的視野及內涵，使我看到自己的工作是在推廣教育，我在大英百科全書這個工作中，找到了安身立命的地方。

懷大女兒時，我仍然兢兢業業地工作。預產期前一天，我和先生開車到四十分鐘車程的爾灣（Irvine）去賣書。記得那天傾盆大雨，體貼的客戶夫婦，知道我預產期在明天，很快地簽下訂單，在大雨中拿著雨傘扶我上車。

回家和同住的房客們吃了火鍋，洗個暖暖的熱水澡，上床開始等待陣痛慢慢襲來。因為完全沒有生產經驗，清晨剛開始陣痛，就以為要生了，叫醒先生，收拾行李準備去醫院，出門前也順便通知了婆婆和小姑。到了醫院，護士們檢查後，說是假警報，時間還早，要我們回家。

怎麼可以回家？還有兩個和客戶的約會呢。這次約的是位於洛杉磯市中心比爾的客戶。我坐在車中等待，比爾提著樣品包上樓去做展示。

過了一會，比爾和兩位墨西哥夫婦下來，因為比爾介紹百科全書時一直緊張流汗，客戶們覺得奇怪，他告訴客戶：太太正在樓下陣痛待產，客戶夫婦好奇，跟著跑下來看，果然看到我閉眼忍受陣痛，右手還拿著碼錶在記錄陣痛時間。

最好笑的是婆婆和小姑趕到醫院，到處找不到人，再趕到我們家，還是沒人。婆婆斬釘截鐵地告訴小姑：「我打賭他們又去賣書了。」真是知我者婆婆也。

大自然的定律就是繼續往前走，陣痛了一個晚上，第二天到了醫院，幾番掙扎，發現胎位不正，需要剖腹生產。麻藥針打進去，迷迷糊糊覺得一切都遠去。

睜開眼，知道生了個女兒，一切健康正常，比爾到病房來看我，我告訴他：「這裡有醫生護士照顧我們，十點半和下午一點那兩個約你替我去了吧。」

就這樣，一九八七年十二月，我生下了寶貝女兒，而那個月，我是大英百科全書全球銷售第一名。

女兒生在十二月六號，下旬公司要舉辦一個盛大的聖誕晚宴。剛剛生產完，我實在不願意出門，但公司一再邀請，還替我們訂了旅館，不去說不過去。我知道禮服價錢很貴，我是不喜歡也沒機會參加宴會的人，當然不會有什麼適當的衣服。突然想到自己有一套寶藍色的睡衣褲，假絲質料亮晶晶的。我想：黑漆漆的誰會看我啊，把女兒託給姊姊，就穿著寶藍色睡衣去應酬了。

那是個幾百人的盛大晚會，確實有些黑漆漆的，我慶幸詭計得逞，笑咪咪地和同事們應酬吃喝。突然聽到主持人說：「我們今天特別要表揚一位特殊的女士，她在生產當天還賣出了三套百科全書，是我們這個月的銷售之后。」

一聽他開始介紹，我就暗暗著急，心知不妙，果然全場鎂光燈打在我的寶藍色睡衣上，我尷尷尬尬地站起身來，主持人硬是要我上台，公司頒給我一大筆獎金和一個獎座。

被表揚什麼？我完全不記得了。但是我記得下台後，我咬牙切齒地告訴同桌的同事們：「我發誓要用這筆獎金去買一件最漂亮的禮服。」

另一位女同事笑咪咪地告訴我：「放心，你不會的。」

那位同事真的比我還瞭解自己，「大英百科全書之后」到了今天，仍然從來沒有買過一件新禮服。

那真的是一段難忘的日子。想到把這麼多教育的種子，深植在不同的華人家庭，身為「大英百科全書之后」的我，總開心地替自己拍拍手。

輯三——房「產」記

第一位員工

女兒對我抱怨她老闆，說明明交代她負責一個活動，老闆卻要密集觀察，微觀管理。連她正在設計海報的字體大小，老闆都要同步在電腦上修正。「就跟你以前剛做老闆的時候一樣。」我真是連聊天都中槍，但是女兒的一句話，把我推回到十五年前……

來美國後都是單打獨鬥，我就是公司，公司就是我。那年，做著房地產抵押貸款的生意：有人想要買房子，因為銀行貸款手續繁瑣，需要很多證件及調查，而我們只用購買房子的價格為基準，貸款百分之七十給購屋人，利息比銀行多一些，方便買主。親朋好友知道了，常把他們的錢交給我替他們投資，做慣了，也做熟了。每個月也不過寫寫支票，賺些利息錢。一個人應付綽綽有餘。

做義工的關係，認識了一些朋友，大家有興趣更了解我的生意，參與投資，我也敞開大門歡迎。因為這個原因，請了生平第一位員工。我大學畢業直接到美國來，奔波打拚流浪，不但沒有請過員工，連真正做員工的機會都沒有。對員工的想法和認知，應該都是小說和電視上看來的吧：認真努力，準時上班，要全心全意為公司，替老闆分憂解勞。

總而言之，我是以實驗室精準的訓練，看待和要求這位新進的員工。新員工是常春藤名校畢業，我當然寄予厚望，想著有人做替手，我可以退休了。但是當我發現她連最基本的心算、加減乘除都要靠電腦時，當然不放心，變成她做的每一件事，算的每一個數字，我都要精心準確地再修正一次。

做這行業已經十幾年了，每個月底收支票寫支票做紀錄，早已習慣。新員工上班後，要求購買軟體來處理這個動作。而這種專業的軟體，要一萬多美元，真是考驗老闆的耐心：不同意，好像跟不上時代；同意了，又覺得實在沒有必要。明明手寫可以處理的事，為什麼要花錢買軟體呢？

不知道新員工怎麼看我這個老闆，但是坦白講，我是怎麼看員工都不順眼。不夠努力，上班遲到十分鐘也不道歉不解釋。午餐盒不懂得拿到外面去丟，弄得辦公室裡都是味道。才不過超過下班時間半小時，就要走了，沒有看到老闆還在加班嗎？

我一直是一人公司，節儉成性，紙張的第二面如果空白，就拿回來再用。給投資者的檔案，就是直接複印出來，釘書機一釘，交給投資人為準。新員工抗議過幾次，最後提議她自己拿薪水買檔案夾（一個要八美元），做成投資檔案給金主們。我心中暗想：一定是付你薪水太高了。檔案做得這麼漂亮，金主可能以為我們賺他多少錢呢。

有一天，這位員工告訴我，工作太忙了，需要找一位助手。我當時心中的大OS：你就是我找來的助手，還要什麼助手？不過到了這個時候，原來一個月四、五個案子的生意，因為有了軟體的協助，已經擴展到十幾二十個案子，我也只好同意去找新人。

經過一番面試揀選，新來的第二位員工喬西，是從大銀行轉職過來。她們兩個每天嘰嘰喳喳，畫表格，做檔案。我看得一頭霧水，覺得莫名其妙，這麼一個小公司，哪裡需要這些大陣仗的表格、程式？但是因為有了這兩位員工，我們又搬到比較大的辦公室，我樂得輕鬆，讓她們去弄，我需要進辦公室的時間也越來越少了。

快過年了，兩位員工要我辦聯歡新年聚會。看到她們的提案，我瞪大眼。耶，全世界哪裡會有貸款公司把借款人、投資人、經紀人、估價員放在一桌的？難道不怕他們直接聯繫，把我們踢開？員工嗆聲：「我以為你說要以誠待人。公司有祕密不可以讓他們彼此討論嗎？有什麼好怕的？如果服務好，為什麼怕別人把你踢開？」

就這樣，那年的農曆年，我們有了一個別開生面的公司宴。公司來往的各路人馬，搶著上台，訴說與我們的認識經過，或者和公司的來往情況。一位做護理師的貸款人，和一位做房地產的投資人成了好朋友。我們的估價員，也多認識了幾位經紀，找到了更多生意。

宴會結束時，兩位員工在大門口替大家拍拍立得照片，留作紀念。

沒有任何一位與會者，曾經做出傷害我們公司的行為。

第一位員工在我們公司翻江倒海了三年多就離開了。我們之間的爭執，討論，埋怨，讓我從老闆學分的初級班跳到博士班。

二〇一二年，先生重病，我常常醫院公司兩邊跑，公司的營運靠唯一的員工喬西和當初高價買來的軟體無縫接軌支撐下來，讓我深深感念第一位員工的遠見，她看到了公司需要有軟體，有穩定可靠的員工，有基本的架構，才可以長存。

事隔多年，當年參加宴會的貸款人、投資人，都成了朋友。聊起那場宴會，有人告訴我，說是因為在宴會中見到了這麼多人，看到了公司的坦誠，無所隱瞞，才對公司有了百分之百的信任。

我和第一位員工的爭執，是老闆和員工的爭執，也是第一代和第二代的爭執。我一直沒有向我的第一位員工——我的大女兒，說一聲道歉和感謝！是她當時的堅持：請員工，買軟體，搬辦公室，打下公司可以繼續發展的基礎。一直到很後來，我才知道，當時我覺得「白給」的薪水，只是她同班同學在外面打工薪水的三分之一。

大女兒自己闖出了事業，她的老闆夫婦厚待她，總變著法兒給她分紅，我心中想，你這個認真的好員工，總算碰到了一個識貨的好老闆。

包租婆養成記

一九七八年，來美國依親的路不順利，只好輾轉打工。到一九八五年，才東擠西借了一筆頭款，再加上美籍墨裔貧困婆婆的一些資助，和先生比爾買下了生平的第一間房子。

在台灣住慣了擠迫的環境，來美國又在中國城小公寓住了八年。突然搬到獨門獨院的房子，是有些害怕的，更怕人的是每個月的房屋貸款。我開始有了分租一個房間出去的想法。

要對注重隱私的外國人比爾灌輸分租的概念，有些困難，所以我從軟肋入手：「你如果去找朋友玩，晚上院子裡黑黑的，我會害怕。」為了人身自由，比爾答應了。殊不知，他踏上的是不歸路。

廣告登出去第一天，台灣來美國的小留學生小欣，就和媽媽來看房。欣媽看到我們也很安穩，談了一半，小欣突然上吐下瀉發燒，急急忙忙走了。

下一通電話是小劉打來的，我告訴她房間也許租出去了，只是房客還沒有付訂金。同樣是台灣來探親，到社區學院讀書，拿學生簽證，高大開朗的小劉不管三七二十一，上門面談，又是一個賓主盡歡的談話，小劉強留下訂金，約好週末搬家。

剛收完小劉的訂金，小欣和媽媽再次登門拜訪，原來只是吃壞肚子，身體好了，想要回來付訂金。我尷尬地解說房間租出去了，欣媽哭了起來，看了這麼多房子，就對我們這一家放心，明天就要回台灣，沒有把寶貝女兒安頓好，怎麼辦呢？還能怎麼辦，就收下這個租客吧。

愛玩的比爾去朋友家拜訪，回家發現我們的三房一浴，不小心租出兩個房間了，氣得像青蛙般鼓著腮哇哇大叫，那時候我們都還不知道，溫水煮青蛙，還有好戲在後頭。

週末是小劉搬家的日子，她告訴我從德州來了幾個朋友替她搬家，我還在房間睡覺，只聽到外面進進出出嘻嘻哈哈，比爾一踏出房間，嚇得退了回來，把我搖醒：「快起來！快起來！外面好多好多女生。」這個外國人，真是住在井底，娶了華人太太，卻從沒有看過這麼多華人女生在一起。

搬完家，小劉的朋友要借住幾天，我當然沒有問題，出門在外彼此幫忙是應該的。沒想到過了一星期，小劉和三個朋友來和我討論，借住這幾天，她們感受到久違的友情和溫暖，德州沒有牽掛，實在不想回去，希望就此住下來，看看我要如何加收房租。

我看著她們，看到了自己在美國八年的日子。單身女孩，有夢想沒有依靠，有打算沒有未來，在異鄉一天混著一天。「溫暖」兩個字說服了我，小劉的一百五十呎平方小房間，有了四位住客。

漸漸習慣水溫的青蛙，在溫水中開心地游著。

暑假期間，在聖地牙哥讀書的弟弟畢業了，當然是搬來和姊姊住。房間都住滿了，很好解決，睡慣沙發的弟弟，在客廳沙發安身立命，劃地為王。那段時間，如果有台灣或外地的朋友來訪，弟弟一定男女不拘，在沙發上和睡地板打地鋪的對方聊到半夜，直到最後對方睡著為止。弟弟知道，只要他一起身去洗澡，沙發就會被來客占據，他就得睡地板了。

溫水慢煮中的青蛙固然開心，但煮水的鍋也占著重要的角色呢。

這可不，弟弟的患難之交小邱前來投奔，在地板上窩了一夜，我面有難色地逐客：「你看看，家裡實在擠不下人了。」什麼叫窮則變，變則通。小邱指指停在車道上的廢棄小休閒車。那是比爾婚前的老車，屋頂是個露營床，已經開不動了。比爾的夢想是有一天要修好它，所以就停在車道上。小邱說他睡這個車子，只要每天進來刷牙洗臉用洗手間就好，不會造成困擾，月租一百元。

談定。

到此為止，九百八十呎平方三房一浴的房子，住了六女三男，除了偶爾搶洗手間有問題之外，我也知道了適婚男女共處一房，如果常要為自己冰箱食物不見了鬧不愉快，是很難像電影一樣觸電發展感情的。

到年底爸媽要過來時，我毫無懸念地把車庫改成一房一浴的套房。爸媽在美國終於住到了有獨立浴室的房間。我第一次知道什麼叫套房。

我們的第一間房子，在先生的步步退讓、房客們的嘰嘰喳喳中，比十全十美還多了一美，織成了一段美好的回憶。真像量子糾纏定律：這麼多個性不同，年齡相近的男男女女，在我們九百多呎平方的小宇宙中，安身立命，維持著平衡的狀態，度過人生中的某一段時光，在彼此的祝福聲中，走向下一個聚散離合。

這段際遇，也幫我存夠了頭款，第二年就在對街買下了生平的第二間房子。

買第二間房子的時候，屋主告訴我有一個房間已分租給一對兄弟房客，需要趕走嗎？當然不要，做房東我在行，我連房客一起買下來。開始了下一段小小包租婆的旅程。

情緒勒索出的豪宅

一九八六年，墨裔老公比爾和我一起在大英百科全書工作，那是一份媽媽口中「有好收入但不知道明天在哪裡」的推銷工作。爸媽和我們同住，還有一對兄弟，是買房子時就跟過來的房客。

我以為我們都住得非常開心。這是我們的第二間房子。第一間房子收的房租可以付貸款，我們的收入也夠付生活費。不會英文的爸媽，和只會說一句華語「請給我一杯啤酒」的先生，因為言語不通，所以相處融洽，生活就這樣子定下來了，我享受著天倫之樂，以為這就是我的人生。

一個星期五的晚上，爸媽參加小組聚會。教會的朋友送他們回家，我和比爾出去打招呼，嘻嘻哈哈地說再見。迎進爸爸媽媽，正在寒暄，媽媽哭了起來：「為什麼別人家房子這麼大這麼漂亮，我們房子這麼小。」我站媽媽身旁，看著一臉茫然的比爾，真慶幸他聽不懂華語。

媽媽的話像一個耳光打在我臉上，我一直以為她和爸爸來了以後很開心，我一直以為我盡力照顧著大家。我以為我們住在自己的房子很得意。

我沒想到，去參加小組聚會的媽媽，居然被別人家的豪華大屋打垮了。

她心中應該想著：我女兒是政大新聞系前幾名畢業的，我女兒一輩子這麼優秀，我是所有朋友中，第一個被女兒接到美國來的。我們住的房子應該比所有人都大。

她並不知道，就像當年他們從大陸撤退到台灣的束手無策一樣，她的寶貝女兒，到了美國這個新環境，也只成了在飯店打工時，偷偷翻看《紅樓夢》的無用書生。

差別在時代的進步，女兒和女婿可以用推銷百科全書養家活口，還因緣際會地買了兩間房子。但這已經是她女兒的極限了。

最終，我告訴媽媽：「我們有錢買大房子，只是太忙了沒有時間去找。」當三十一歲的我對媽媽說出這句謊言時，也只想著哄一哄，不哭了，過了今天再說罷了。

收拾完殘局，第二天早上，我告訴媽媽：「走，我們去看新房子。」開車走在高速公路上，才發現老天爺真正幫忙。當時是加州房產暴熱的時期。所有在蓋的新屋，門口都有長長的排隊隊伍（還有職業的代排隊人），等著拿號碼抽籤。每間房子推出，總有五、六十個人搶著抽籤，被抽中的幸運兒，通常要付全額現金買房。

六位數字的房價，和我四位數字的存款差距天壤。但是只有我知道這件事，媽媽只要知道排長隊抽籤機會很小，就夠替我脫身了。

墨裔老公被我迫著孝順，開車一路往東邊郊區尋覓。爸媽有著出來郊遊的開心，先生以為是爸爸媽媽要買房子，只有我心知肚明，爸媽兩手空空，他們最大的資產、寶藏、儲蓄，就是我。而我在當年帶著借來的兩千五百美元飛離松山機場，在這個番邦異鄉，摸索掙扎了九年，真的沒有錢，沒有本領了。

人生的旅程，常常是由莫名其妙的一念決定。當時我們為什麼沒有往西開，而是一路往東？

一路往東，從繁華喧鬧的柏油路，開到哞聲不絕的黃泥小路。泥土道路的兩旁，都是養牛場。塵土漫漫中，有三棟高級漂亮的樣品屋。也是兩層樓的大房豪宅，而且沒有人排隊。

我們一起下車去，熱心的展售小姐細細解說：這是預售屋，預定兩年蓋好，只需要一千美元訂金，就可以訂下房子。媽媽開心地樓上樓下到處跑，嘖嘖稱奇。爸爸跟在她旁邊說：「你看著現在這麼漂亮，等我們搬進來，東西放了就不是這個樣子了。」

那年，老媽媽六十一歲，比現在的我小六歲。

一千塊，太棒了，只是我儲蓄的百分之二十五，可以對爸媽有個交代，我負擔得起。

就這樣買下了我的第三間房子。無知的我，不知道買房子要看地區，不知道黃土路到柏油路之間有漫長的等待，不知道房價會暴漲暴跌，不知道怎麼去和先生交代。一心只想讓爸媽開心，就算以後買不起，頂多損失一千塊，當個騙子也好，反正兩年還長著呢。

我似乎回到小學四年級，偷改成績單，把自己寫成全班第一名。母姊會中，爸爸得意地故意問老師：「這一次全班第一名是誰？」老師說出的名字，讓爸爸臉上笑容僵了。我看得心裡砰砰跳，知道完蛋，回家要被修理了。

爸爸沒有再提起過這件事，我想，他心裡明白，我偷改成績單，只是為了讓他高興，騙他的笑容。

這個買屋簽約活動，讓全家人開心了好久。這麼大這麼漂亮的房子，這麼便宜的價錢，而且只要一千塊頭款。只有我懷著小學四年級時害怕的心情，不知道會被什麼人什麼事如何地修理。

我們搭上房價上升的列車，十七萬六買下的房子，蓋好交屋時，已經漲到二十四萬三。我的一千塊翻倍，我過關了。全家開心地搬了過去，這時候，我們已多了一個牙牙學語的女兒。

當我們訂購預建屋的時候，沒有經驗去問清楚，周遭地區會如何發展。所以新蓋起來的一排十間房子，豪華地矗立在黃土地上的一大片養牛場中。

這是爸媽、先生和我生平住過最漂亮的房子。大女兒是在牛糞味道中長大的，她的窗外，就是一大片牛群。大女兒說的第一個字，不是「爸爸」，不是「媽媽」，是「牛」。

我們在這個牛場屋中住了十年，小女兒也加入我們的新家庭。

我曾經打過分租的主意，但是地區偏遠，找不到租客，只好作罷。全家人舒適地住在這個四房三浴的豪宅。爸媽和大女兒住一間，我和先生住一間，小女兒和管家住一間。在樓下，我有了一個自己的小小辦公室。

我並沒有覺得有什麼不方便，一直到十年後，一直勸我搬家的弟弟忍無可忍地說：「不但我們親戚沒有人住在這種地方，連我朋友都沒人住在這麼落後的地方。你要為女兒們著想。」我們才決定搬家，離開了當時已逐漸繁盛的加州盛貝納迪諾（San Bernardino）的奇諾市（Chino）。

一九八六年那個星期五，媽媽的眼淚，現在會被稱為「情緒勒索」。這個情緒勒索，推著我在黃土路中買了一間豪宅。慢慢地在塵土漫揚中，走向一條我當時並不太明白的投資道路。

房「產」記

你一定認識一種人，很喜歡說：「改天一起吃飯」，「要來玩喔」，或者「有事情找我」。可是當你到她家時，她怔在那裡，說：「你怎麼來了？有事嗎？來來來，快坐。」

我就是這種有口無心的人。

來美國辛苦打工八年，才和美籍墨裔老公比爾存夠了錢，買了個三房一浴九百多呎平方的小房子。因為自己輕易開口的個性，我們的第一間房子，包括爸媽、弟弟、我和先生，以及各方隨口應允的租客，一共浩浩蕩蕩住了十一個人。

也因為這段辛苦，存夠了錢，第二年就在對面買下我們的第二間小屋。新房子買來就有一對兄弟是房客，我和爸媽為了想生活單純，搬到新買的第二間房子。爸媽一個房間，一個房間租給房客，我和比爾及剛出生的大女兒住在第三個小房間裡，仍然是三房一浴，七個人共用著一個浴室。

第一棟屋的房客們畢業後陸續搬家，房子被果果一家租了下來。因為住得近，兩家常常往來，變成了好友。當時我和先生想買下一間洗衣店，買價十萬，我們存款不夠，還是去找果果她們借錢周轉，才能買下藉以謀生的洗衣店。

忙碌時間過得快，果果一家租我們房子的第二年，有一次聊天中，果果和先生問我：「邱姐，我們住得這麼開心，如果存夠了錢，你會把房子賣給我們嗎？」

我滿口塞著他們做的好菜，當場答應：「沒有問題，你們要買的時候，我二話不說，低於市價一萬塊賣給你們。」

吃飽回家睡了個好覺，根本沒把這件事放在心上，當然也沒有和先生提起這件事。所以第二天果果夫婦登門拜訪，說他們決定買下這個房屋時，我的下巴掉了下來，先生比爾的雙眼化為利劍，在我沒有下巴的臉上七橫八豎地殺了好幾刀。

對好朋友說出去的話，要怎麼反悔呢？我在啊啊聲中答應下來，立刻找人估價，進過戶公司。沒有想到果果他們比我這個房東實力堅強太多了，同意用十七萬現金買下，兩星期過戶。

只是沒經過先生事先同意，就「隨口」賣了間房子，還賺了錢，也不算什麼大事，除了常常覺得背後被飛刀連射之外，我還勉強若無其事地哼著歌過著日子。

公證公司小姐好心提醒我，因為房子的賣價和我當初買價差了很多，有近乎一半的所得要繳資本所得稅。唯一延稅的方法，就是再去買一間更大的房子。

我在三天之內變成了美國「1031 交換投資不動產延稅法案」專家。政府為了避免人們買房炒房的行為，規定賣房子要繳很高的資本所得稅，除非使用 1031 法案：賣房的錢交給託管公司，賣家不能經手這筆錢。賣房後四十五天之內要確認可能的替代房地產，並且在一百八十天之內過戶完成買房行為，才可以延交利得稅。而新房（一間或多間）的買價必須比原來房子賣價高，才能適用這個法案。

我和先生當時開著洗衣店，每天工作十四小時，焦頭爛額之餘，還加上這件緊張頭痛的事。比爾的善良在這種地方顯現出來，雖然因為我隨口一句話惹出這些麻煩，他生我的氣，卻仍然以行動支持著我。

一九九〇年代洛杉磯人正開始瘋狂買房，連願意替我們服務的經紀都找不到，只好兩人開車亂逛，看到門口有賣屋招牌的就自己去敲門。當時房價還沒開始往上衝，比我們賣房價錢更高的房子我們也不敢買，最後總算胡打蠻撞地在離我們家開車半小時的「鄉下」找到兩間小房子，賣價加起來剛好比我們的賣價多了一點點，符合 1031 法案，算是開心成交，過關了！

我和先生仍然是勤勤懇懇地過著每天的日子，不知道命運在我們前面鋪展了什麼樣的道路。哪裡知道房東房客的艱難？哪裡知道什麼叫房地產？

只是酒酣耳熱後的一句話，讓我們在美國買的第一間房子變成了兩間房子。

意外的意外

一場租屋廚房火災的意外，驚懼之外，還會帶來什麼？

一九九四年七月十三日，星期天，我剛從教會回家，電話錄音傳來緊張的聲音：「Sherry，我是你的鄰居，你的房子失火了，消防隊來了。」

我連忙回電，是那間「頭痛屋」失火，隔壁鄰居好心來報信。

驚魂未定，我心想：我明明乖乖去教會，怎麼會有這種倒楣的事發生在我頭上。

那幾年，我透過經紀做一些貸款的投資。把錢借給這個屋主，運氣不好，他還不出錢，只好走法律程序把房子沒收回來。房子法律上是我的名字，但是原屋主找不到地方住，我也就讓他暫時住著。是生活中一件頭痛事。

沒想到他做飯時，跑出去買啤酒，讓廚房著火了。

原屋主很配合，讓我去看廚房被燒的情況。保險公司很快派調查人員來研究，估價。開出了一個賠償數字。

常聽保險公司會因為房屋被燒但有一面牆沒有倒而拒賠之類的故事，所以看到保險公司這麼乾脆地願意賠償，我放心了。

還在想著怎麼修理房子，突然接到一個自稱彼得的人電話，希望和我討論失火的事。

見到彼得，我也才知道，有一個行業，叫做公眾保險調查員（public adjuster）。當房子受到損害向保險公司申請理賠時，保險公司會派調查員來估價，而民眾有權利雇用自己的調查員，做自己的估價，再和保險公司的估價比較。這個估價通常比保險公司願意理賠的數字大很多，所以留下雙方討論爭執比價的空間。

我半信半疑地雇用了彼得，而他居然短期內輕易替我爭取到了保險公司原本估價的四倍賠償。

和他約在一個房客家交換支票時，他指著牆上的一道裂痕，說：「你這房子有地震損傷。」

一九九四年一月十七日凌晨四點三十一分，加州北嶺（Northridge）發生了十秒鐘的芮氏規模六．六大地震，造成七十二人死亡、九千多人受傷、一萬一千棟房屋倒塌，周遭三十哩內的高速公路、公共設施都嚴重損傷，造成三百億美元的損失。

這是六個月前的舊事，而我所在的哈崗（Hacienda Heights），離北嶺有五十哩，怎麼可能會受到影響呢？

彼得用他的專業知識，教我看牆上裂痕，那些循著磚塊走向的裂痕，是地震搖晃造成的撕裂，表示房子的結構有不同程度的改變。他一指，我真的注意到房子的牆壁，有許多直角紋路的裂痕。

彼得告訴我，保險的追訴期是一年。只要房子有買地震險，在一九九五年一月十七日以前，都可以向保險公司申訴。

我還有其他幾間房子，我們立刻去看，發現包括我住的、離北嶺六十哩的奇諾的住屋，都有許多地震造成的裂縫。

因為相信彼得的專業知識，我立即簽約請彼得替我處理。

我惦記著親朋好友，要求彼得：「那我朋友家你也可以幫忙處理嗎？我弟弟家？我姊姊家？」

彼得建議，我乾脆拿個一年有效的臨時公眾調查員執照，替他工作。就這樣，我莫名其妙地進了保險領域，當起彼得的市場推廣助手，沒有底薪，拿的是客戶申請到理賠金額的百分之十。

這時，已經是十月，離北嶺地震申訴截止期限只剩三個半月，而我的親朋好友們，沒有人知道北嶺地震有可能已對他們房子造成損傷。救場如救火，我開始馬不停蹄地和彼得四處奔跑，替朋友們檢查房子，簽約，和保險公司據理力爭。每次和朋友及客戶會面，檢查屋況，簽約，大約一小時，加上中間開車奔波，我一天硬是起早貪黑擠出七八個約談時間。

台灣來的拚命三娘，碰上美國已經打算退休、出來玩票的白人老闆，工作摩擦，白眉赤眼，自然不在話下。

開車在路上，彼得想上廁所，我說：「不行，離下個約會只剩十分鐘，我們會遲到。」彼得說：「從小我媽媽就告訴我，if you have to go, you have to go（屎尿最大）。我非得去廁所不可。」他把車停在加油站，我說：「兩分鐘，拜託用跑的。」心中大翻白眼，我媽媽說的是：懶人屎尿多。

這麼忙，老闆大人居然還要停下來吃午飯。吃飯時間可以多簽一位客戶呀。最後我們妥協，停在麥當勞十分鐘，讓他吃漢堡。至於我，對不起，「美食太多，胃口太小」已經是我的遺憾，我寧可一天不吃，絕對不碰漢堡。

新簽合約多，彼得把家中變成辦公室，調來六位工作人員，處理我們的案子。這些專家熱心教我有關保險的知識，我仍忙著約客戶簽新合約，也和彼得的太太夏莎做了好朋友。夏莎是韓國移民。彼得雇用我之前，曾要夏莎躲在暗中觀察，看完我們的交談，她告訴彼得：「一定要雇這個人。」

原來老闆身後還有推手，我想：好在我長得一副讓老闆太太完全放心的臉蛋身材。

學了一些知識後，才懂得為什麼我那個租房失火的案子，彼得申請到的理賠，是保險公司本來要付給我金額的四倍。

保險中有許多眉眉角角。譬如說廚房失火，保險公司雖然同意替我把廚房地板換新，但保險法規有一條「視線原則」，就是換地板的時候，視線所見的全部區域都應該要換成新的。因為買保險是買我們遭受到意外時，房子恢復原狀的權益。如果客廳地板是舊的，只有廚房的地板是新的，會影響觀瞻。這些都是受保人的權益，外行人不懂，保險公司就樂得省錢了。

有一次，保險公司調查員和公眾調查員爭執，原來屋梁損害超過一定尺寸，就需要換屋梁。雙方拿著皮尺，在樓梯上分毫必爭。真的是失之毫釐，差之千里，〇．一公分的差別，就是十幾萬美元賠償的差別。如果沒有公眾調查員保護被保人，保險公司調查人員自然是裝聾作啞過關。

一位朋友的朋友，在離北嶺十七哩的好萊塢，有一棟公寓，地震時沒有發現什麼損傷，好奇地要我們去看一看。彼得看後發現公寓地基已經出問題，請保險公司來檢查，最後保險公司把這公寓保額三十萬美元全部賠出來了。冥冥中，我們也許幫忙避免了下一次地震中可怕的損傷。

我邊學邊忙著簽約，假日就帶著女兒一起工作。

女兒老師打電話來，小朋友們自我介紹爸爸媽媽的工作。小學二年級的女兒，告訴老師和同學：「我不知我媽媽做的是什麼工作，但是她常常帶我去找 crack（裂縫），也一天到晚在家和爹地討論找 crack 的事。」我因此又學會了一個新名詞——原來 crack 在英文是毒品的意思！

一九九五年一月十七日是我們替客戶向保險公司申請理賠的最後期限，

那之後我又花兩個月時間替客戶們把所有理賠相關事情解決完。這段公眾保險調查員生涯，才算告一段落。

我從一九七八年到美國，勤勤懇懇，夜以繼日，曾經一天打三個工，維持著全家溫飽。直到做公眾調查員這四個月，才替我掙到人生的第一桶金。

一場火，一個大地震，兩個意外，意外地替我人生畫下了另一片風景。

輯四

商不言商

大衛破產了？

借款人與貸款人，就像勞方和資方，因為彼此利益衝突，永遠站在對立面。大衛，是我的借款人。

和大衛初識，是在一棟公寓的後街。我們兩人碰上同一個詐欺犯，各自為守護自己的產業而傷腦筋時，認識了對方。因同病相憐，就容易建立交情。剛好，我做的是貸款的生意，專門借款給投資人買房地產；而大衛是房地產投資人，時常需要借錢置產。

我是一人公司，所以每次談生意，我們就約在 Borders 書店門口。我把七歲的大女兒放到書店看書，一歲的小女兒裝在嬰兒籃帶著，和大衛在書店門口的石桌上，借用桌上的餐巾紙，畫著談著一筆筆的生意。我總想多收一些手續費，利息高一些；他就急著砍價，要求利息低一些。

大衛永遠西裝筆挺，而我總是隨和的家居服。借貸雙方的衣著如此不搭配，終究都可以談笑收場。他談成生意，知道有貸款可以投資下一筆房地產了，我則開開心心地提著嬰兒籃去店裡接大女兒。

不知是生意太忙，或者是擴展太快，大衛做事愛拖拖拉拉，所以每次交易，總會有一些麻煩，最常見的就是要過戶的前一天，他缺三少四，或是頭款無法準時進公證公司。我為了生意，配合度非常高，所以每次交易，他的一些麻煩，我們總可以圓滿解決。

這樣的生意合作，對粗枝大葉、只顧著賺錢的我而言，並沒有感受到彼此的不同。

第一次感覺我們的不同，是大衛邀請我參加他的五十歲生日宴。我不喜歡這些應酬，但他是我的大客戶，也就準備勉強赴約。宴席前一天，收到大衛祕書的電話通知我：因為是正式宴會，所以需要穿及地晚禮服。我聽得頭皮發麻，才知道當天洛杉磯市長、國會議員，還有許多政要會參加。沒有晚禮服，不喜應酬的我，當然立刻在電話中就肚子痛頭痛了。

女兒們慢慢長大，Borders 書店歇業後，我和大衛的生意仍然是在同一張桌子上進行。加州房地產大漲，讓我們在各自的領域蓬勃發展。幾乎他的所有房地產，我都有參與一些貸款，賺了一些手續費。

大女兒大學畢業，大衛邀請我和女兒到洛杉磯吃飯。大女兒從小就看我和大衛在公共場所的免費桌子上談生意，一到俱樂部當場張口結舌。原來這是一所非常特別且高級昂貴的私人俱樂部。它成立於一八九五年，是西海岸的旗艦，會員不但要有一定程度的資產，而且因為是封閉的私人俱樂部，必須要有三位會員推薦，且經所有會員投票同意才進得去，會員中有太多對美國及加州歷史影響力強大的人士，所以對洛杉磯及加州的文化、歷史、生產力都有決定性的影響。

女兒問大衛：「你怎麼從來沒有邀請我媽媽來過？」大衛回答：「要是讓你媽媽知道，我的手續費不是得多加好幾倍嗎？」

真是奸商啊，但是我和他周旋了這麼久，都沒有發現對方和我社交等級上的差別，也夠白目了。

老天爺總愛在無人意料得到的時候，呼風喚雨。

二〇一一年全球不景氣，嚴重地影響到大衛擴張快速的生意版圖。大衛告訴我，年初聚餐，幾位銀行總裁都還向他拉生意，信誓旦旦保證不會有問題。但不到幾個月，美國房地產暴跌，全球大環境出問題，好幾家銀行發生擠兌情況，開始縮減大衛的銀根，同時要求還款。大衛拚命想要解決問題，我也盡可能地幫忙。但終究抵不過動盪的大環境，他一個一個失去手中的房地產，最後，颱風的尾巴也掃到了我！

二〇一二年，我先生身體情況惡化。我在醫院和公司之間來回奔波，被大衛的事情搞得頭昏腦脹。幾次見面，看到大衛消瘦憔悴，也不好說什麼。

大衛本來在她女兒的大學捐了一筆款項，要蓋一座大樓，剛剛動工，卻得告訴學校，女兒學費已經付不出來了，想到這些情況，情何以堪！

因為我是抵押貸款，房地產價值暴跌，貸款也跟著失去價值。我和大衛商量，咬牙拿回一棟我貸款給他買的公寓，其他賠的錢就認了。（這棟公寓成了我新一波投資房地產的第一棟公寓。）

大衛看著我，說：「老友，相信我，我不會讓你失望，害你賠掉的這筆錢，有一天我會補給你。」我苦苦地一笑，抵押貸款就是用房產來保障貸款，大衛都破產了，房子沒有了，貸款當然也就不見了，還談什麼補償呢？咬牙過了就認了吧！

這中間我和大衛還常常保持聯絡，聽著他和太太，及僅剩下的一兩個員工，慢慢掙扎整理殘局。他們唯一的女兒畢業了，做了牙醫，應該給了他們夫婦很大的安慰吧。

有一天，大衛突然打電話來，告訴我急需一點錢。他女兒的婚禮場地，訂金餘額如果當天不付，就要被沒收取消，一共是三萬美元，我聽得心酸，立刻要公司小姐把錢匯去。

轉眼又四年過去。我們在漸行漸遠的路途上，仍然彼此守候相望，交換著一些各自家中的情況。有一天，大衛通知我，前次害我賠的那一筆錢，他存夠了，要還給我了。我告訴他不用，都已經報稅報賠了，已經結帳了。他說：「這是我答應的，而我答應的事情，我總是要做到。」原來大衛申請的，是經濟破產，而他堅持的，是人格不破產。

錢進到我的戶頭，會計師還要去研究如何重新報稅，他說在他的報稅生涯中，從來沒有經歷過這種事。已經失去抵押的抵押貸款，幾年後借款人會再拿回來償還。

和大衛認識，已經三十年了。他是我的借款人，我的大客戶，替我奠下了生意的根基，是曾經稍絆了我一跤的人。他當年讓給我的公寓，在當時是賠錢的生意，卻讓我開啟了投資房地產的另一段人生。

在人生中，經過漫長的三十年，跌跌撞撞，見面還能坦然說哈囉的人，其實並不多。

破產過的大衛，是其中的一位。

如果——凱文和瑪拉

我常常問自己：如果那個星期六下午，我看懂了凱文徘徊的身影，出去和他聊聊天，現在會有怎樣不同的心境……

二〇一二年，順應當時的經濟情況，我和合夥人露比，開始往房地產投資方面發展。

我們共買第一間公寓時，露比把凱文介紹給我。原來凱文在公證公司打工，露比看他年輕能幹負責，就鼓勵他考執照做了房屋經紀。我後來才知道，我們當時買的公寓，是凱文的第一筆交易。

為了做到一條龍服務，公寓交給凱文的太太瑪拉管理，土生土長金髮白膚的瑪拉，成了我們團隊的主要生力軍，有了他們兩位的服務，我和露比連著買了好幾間公寓，大家都忙翻了。

公寓管理是繁瑣的工作，房客不和吵架，半夜三點打來找管理公司評理；水管漏水是大事，但管理幾十個單位，每天都會有地方漏水，要怎麼安排緊急處理？知道房客在販賣毒品，報警有用嗎？美國是個照顧窮人的國家，房客不付房租，有一定的法律程序要走，有時候還要走上法庭。瑪拉是我的金鐘罩，有她在，這些繁瑣事很少波及到我們身上。

在這期間，凱文一星期七天，每天十四小時努力工作，成了他們公司的金牌經紀。而瑪拉經營的管理公司，也從一位員工擴展到十位員工的規模。

儘管享受著他們兩位的服務，而且加州的房地產報酬率節節上漲，我仍常私心想著凱文賺了我多少佣金，總算計著怎麼樣擠些回扣回來；心中常暗自怪著瑪拉的管理公司沒有盡心盡力，處理空屋的速度太慢。

某年某月的某一天，我接到凱文電話：「你曾經說過，如果我看到什麼好的交易，你願意支持我。」這是智商大考驗。我這個多變愛說的個性，哪裡記得自己說過什麼？但是聽起來像是我會說的話，我認了下來。

原來，凱文看上一個地產，但資金不夠，我同意出資和他們共同投資。這也成了我們後來共同合作的型態。

由經紀及公寓管理員，變成合夥投資人，中間的磨合考驗著大家的個性和人品。有一次不知道為了什麼事我大發脾氣，掛了凱文電話。其實只是對事情的意見歧異，不是什麼大事。第二天瑪拉打電話來，告訴我凱文一夜未眠，因為在他心中，我是一位值得尊敬的長輩，當我生氣時，他想的不是生意上的利益，而是覺得讓我這位長輩失望了，心中難過。

聽到瑪拉坦誠的告白，我在心中，把他們從生意合夥人，變成了生活中親密朋友。我們一家和凱文夫婦的關係，越來越緊密。

我疼惜瑪拉身體不好，又為我們勞苦操心，常想著辦法從工作狂凱文身邊，拉她出來休閒。當我知道瑪拉很喜歡百老匯劇，但是工作繁忙，已經幾年沒有觀賞過，我立刻和她約定，一月一會。

瑪拉開著跑車來接我，我們去知名的食街吃飯，吃完飯觀劇，玩到半夜瑪拉送我回家。一次一次的暢談，我才知道看起來傳統保守的瑪拉，曾經是穿皮衣短裙跳阿哥哥的瘋狂女郎，就算到了現在，她開著跑車超車的英姿，也讓我對她刮目相看。

好時光過得飛快，當時只道是尋常。二〇二〇年加州新冠疫情的封城令，活生生地把我們大家隔絕開來。所有見面都是在線上。

有一次和建築師開會，為了一些不如意，我大發脾氣。下線後，凱文私下告訴我，瑪拉和他非常訝異，從來沒有看我發過這種脾氣。我也覺得不對勁，做了檢驗才知道，我感染了新冠，缺氧造成思緒不清個性煩躁。與會的那麼多人，只有他們夫婦注意到。

一次我和凱文出來看房子，我看到他剃了光頭，好奇地問他是不是趕時髦？凱文欲言又止，尷尬地轉換話題，「啊，一定是和別人打賭輸了，對不對？」

事後我越想越不對勁，再打電話去追問，才知道瑪拉舊疾復發，癌細胞開始擴散，做化療剃光了頭髮，凱文為了支持她，也剃光了頭髮陪伴。我才想到每次開會，瑪拉總是戴著帽子，以為是因為冬天寒涼，原來是這樣。

我開始盯著瑪拉多休息，二〇二一年十二月十六日，我傳訊息給瑪拉：「剛和凱文聊過，請你千萬多休息。『好友瑪拉』對我比『經理瑪拉』重要多了，請千萬保重，不要再管公事了。期盼你快快痊癒。」兩小時後，她回我：「我會盡力。」我仍幻想著，等疫情平靜，劇場重開，我們再去看百老匯秀，好多快樂時光在等著我們呢！

一月初的一個星期六，凱文來電，說要到家裡來把一筆帳交給我。事情不急，我又正在午睡，懶懨懨地起床開門，因為疫情又起，我記掛著家中媽媽的身體，只遠遠地在車庫和凱文揮揮手，接過帳目。隔著法定的六呎，雙方都戴著口罩，沒有多說話，有話星期一線上再說吧。

過了半個小時，女兒從樓上落地窗看到凱文仍然在前院踱步，跑來告訴我。我笑對女兒說：「這個工作狂，一定在用電話談大生意。談成了要他請客。」

星期一打電話沒有找到凱文，我覺得有點不對勁，星期二再打電話找他，他私訊我：我這裡有些狀況，稍後再和你聯繫。

這是從沒有發生過的情況，我心知不妙。

星期三凱文接電話了，我問：「一切還好嗎？」電話那頭的凱文哭了起來：「瑪拉走了。」

原來星期六瑪拉呼吸不順，他送瑪拉進了醫院，因為疫情，醫院不許家人進去，他只好轉到我們家，但又沒有和我說上話，心中想著改天再告訴我吧，不是什麼急事。

不料星期一瑪拉病情急轉直下，醫生宣告放棄治療，瑪拉神識清醒，決定要回家，想在電話中和我們告別。星期二救護車都已經安排好了，但是在出院之前瑪拉全身劇痛，就走了。

就走了。

沒有說再見的別離。

我常常在想，那個星期六，如果我像往常一樣出去和凱文說說話，知道了整個情況，我是不是可以在凱文最孤單害怕的時候，陪在他身旁？我是不是可以來得及對我十年的管理經紀、合夥人、觀劇夥伴、好友瑪拉說一聲再見？

但人生劇場，一直沒有給我說「如果」的機會。

夢中的疫苗

八月七日，正開心地在 Zoom 上跳舞課，手機傳來葛麗的信息：「請替道格禱告，他因 Covid 轉肺炎，救護車剛把他接去醫院。」好心情瞬間消失，我緩緩地在地板上坐下來，吁出一口長氣，喉嚨發出呀呀的哀嚎，像是這樣就可以把自己從惡夢中喚醒。

道格是我認識，熟悉，共處了三十年的律師，朋友。

想到律師，總覺得是伶牙俐齒、咄咄逼人的人。我相信我們這位白人律師朋友，一定有他職業上的專長，因為許多他替我們處理的業務，最終都有很好的結果。

然而，當他出現在我們辦公室時，卻常是穿著襯衫牛仔褲，永遠笑咪咪。和每位員工都可以親切地說笑幾句，就像隔壁辦公室的鄰居一樣。有時即使只為了公證文件的小事，他也特別到公司來一趟，順便和我們聊聊天。

先生二〇一二年去世後，道格和他太太葛麗，總是主動地參與我們家的活動：女兒畢業典禮，我的生日驚喜派對，像一家人似的親近無間。他們喜獲外孫的每一個鏡頭，也常在我們之間流轉，當然小寶寶的每一個生日，我們都不會缺席。

這位律師最讓人頭痛的事，就是不喜歡開帳單給我們。在他替公司處理事務時，我們常要不到帳單。我只好請公司助手替他登記工作時間，深怕時日久忘了，辜負了道格的專業服務，少付了費用。

有個案子拖了好幾年，漫長的處理過程中，因為等不到帳單，我只好每隔幾個月估量著付一筆費用。有次開了支票給道格，他說：「你上次給過了，這張我不能收，這樣你付太多了。」

你可曾見過把收到的費用退回來的律師？道格就是。

因為知道他努力工作卻不看重金錢的個性，有次聊天時，我忍不住替他們退休後生活費著急，道格瀟灑地告訴我：「我會做到死在工作桌上的那一天，不用擔心。」

這句話安了我的心，對呀，律師這個賺錢的行業，哪裡需要準備退休金？做到走的那一天罷了。我們開心打著如意算盤的時候，怎麼知道老天爺另有盤算呢？

二〇二〇年三月，因為疫情的關係，加州頒布閉關令，我把辦公室關了，請員工各自回家上班。人心惶惶，自顧不暇中，道格和太太帶著小外孫來我們家探望，他們一家人都不戴口罩，因為他們覺得疫情是一場騙局。我的女兒們雖然喜見好友來臨，但為了保護九十六歲的外婆，只能請大家站在車庫門口，隔著一段距離聊聊天。說好了等疫情過後，好好再聚。

想當然耳，疫苗出來，他們也是不相信的一群。拒打，拒談，拒絕討論。

我知道道格和葛麗都是虔誠的基督徒，常在心裡祈求教會的禱告可以帶他們平安度過這場舉世難關。偶爾掛心，也總是自我安慰，覺得不會那麼倒楣碰上吧。

怎麼知道突然等來了這個叫人措手不及的晴天霹靂？

這些天和葛麗聯繫，知道最早是他們同住的成年女兒感染上 Covid，以為是感冒，掉以輕心，拖過了最好的醫療時間。等察覺不對，請救護車接去醫院時，醫生只剩下插管這個選擇了。

女兒進醫院的一個禮拜後，道格也因為呼吸不順進了醫院。葛麗自己也得了Covid，但病情比較輕，在家裡休養。全家只有女婿一個人沒有感染，還可以帶著四歲的小外孫過日子。

每次向葛麗詢問道格的進展，看著他的病情好轉一分，轉壞三分。我們的心境都糾葛在與生命拔河的無奈中，明知結果等在那裡，又怎麼忍心放手呢？

我不停地問自己：朋友一場，我們在公私兩方面，都是事事溝通，彼此配合。但我有沒有盡力、用力、努力要他們去打疫苗呢？然而，就算我大聲疾呼，變臉要脅，我講的他們會聽嗎？人和人之間怎麼會有這麼大的價值信仰上的差別呢？

交情這麼好的朋友，在這件事情上，在這件致命、要命的事上，我沒有堅持己見，一時的退讓保守，留下千古懊惱。

葛麗自己人在病中，已經無力去管插管的女兒，只能無奈地在醫院提供的鏡頭上，看著先生在高壓氧氣和急救艙中折騰。我多想為她做一點什麼，但還剩下什麼是我可以做的呢？

白天，黑夜，我一聲一聲地問：「你還好嗎？道格，你還好嗎？」

我做了一個夢，夢中，我們兩家一起去打了疫苗，大家笑得好開心。

上帝的門和窗

上帝關上了一扇門，真的會替我們開一扇窗嗎？

對加州的公寓屋主而言，二〇一八年以來，真的壞運連連。第一個大雷，就是醞釀許久的禁漲房租令。加州房租高，一般房東早就把房租漲到市場價格，卻也有很多心善的屋主，房租保持低價位，房客們住著幾十年不搬，賓主盡歡。因為公寓價格是以每年房租的倍數來算，所以只要在賣房的時候，調整房租就好了。

現在突然限制每年加租不可以超過物價指數加百分之五，而且立即執行，硬生生把許多善良屋主房價砍掉一截。還來不及應變，疫情漫天飛舞，新法律又來了：疫情時間，許多地區一律禁止漲房租。

本以為已經是最壞的情況了，但後頭還有更糟、更讓屋主們欲哭無淚的：疫情期間，房客不付房租不許驅趕。

政府擔心租客付不出房租，被屋主趕出，無家可歸，變成遊民。卻沒有考慮到屋主有銀行貸款需要付，沒有房租收入如何付銀行貸款呢？那些靠房租生活的房東們，又何以為生？

晴天霹靂和後面緊接的漫天豪雨，造成加州房地產業的一季嚴冬。如何度過？只能無語問蒼天。蒼天也只剩一片烏黑。

當時，政令規定居家工作。每天在線上面對員工，知道他們既擔心公司情況又擔憂自己的生計，所以我硬是擠出一副傲雪凌霜的姿態，保證大家三年的工作，鼓勵員工到線上去尋找上課機會，同時規定每天要和過往有聯繫的廠商通三個電話。

我這樣做的原因，是因為自己在家上班，知道幽閉獨居的辛苦，所以刻意要員工對外保持聯繫，保持心理上的平衡、強壯和康健。

沒想到用力捧上門的上帝，在這個時候，透過窗戶間隙，灑進了一絲陽光。

喜愛做研究的員工美齡，看到一個新法令：因為加州住屋有限，建地不夠，政府快速通過一項公寓可以加蓋百分之二十五的新法。換句話說，四單位的公寓可以把車庫改成租屋，或加蓋一間；八個單位的公寓，只要符合法規，可以加蓋兩戶。閒居在家的我們，開始在線上積極搜尋相關資訊。

還正在紙上作業，上帝把窗戶的間隙又推開更大，進來更多的陽光。

內向的美齡百無聊賴地打電話給以前結識的窗戶廠。對方順口聊起，他們的一個客戶，是專門幫忙加蓋房子的工程師，因為疫情生意不好，很多工程收不到尾款，公司都快要倒閉了。我們立刻和這位工程師大衛聯繫，原來疫情閉關之前，他專門做加蓋房子的法規研究，同時在學校教課，只是他不知道新法規允許公寓也可以加蓋房子。

我們從手中物業選定了理想標的物，是位在拉朋地（La Puente）的一間六單位的公寓，中間空地本來種了一棵大酪梨樹，前些日子被狂風吹倒，把樹挖了後，還在想著怎麼處理，正好可以用來加蓋。

大衛去和城市相關單位聯絡，帶來壞消息：地方政府根本不曉得加州有這個新法規。但對好不容易從窗隙灑進來的一點陽光，我們才不放棄。員工班傑明在電話中和地方政府相關人員套交情，約好時間去拜訪。美齡從電腦上把州政府相關資料全部列印出來。他們三位在約定的時間，戴著口罩，隔著櫃檯一項一項討論法規。開完會，市府主管完全同意我們提出來的設計和想法。

實地考察時，市府檢查員指著位在庭院中間的車庫，說：「為什麼不把這個也改成住房？」我們當然欣然同意。看到上帝又把窗戶推寬了些。

按著程序一步一步走，拿到地方政府批准的設計書後，我們公司幾個外行人，看著大衛和他的工程團隊，從挖地基，灌水泥，上橫梁，釘木牆，通水電，封牆，粉刷，鋪地磚，進浴缸，上櫥櫃，步步為營地平地起平房，把兩個單位蓋了起來。

建築過程中，因為疫情，缺少工作人手，缺少材料貨物。大衛把曾經教過、現在在家中無聊啃指甲的學生調兵遣將拉來工作。美齡熟識的窗戶廠商，等不到貨船，就想盡辦法把倉庫中僅有的存貨提供給我們。

開工後，對建築完全外行的公司員工，每星期去監工，觀察工程進度，大衛團隊非常耐心地一一訴說，讓我們慢慢了解建築的不同步驟。

過程中間碰到最大的危機，就是有工人感染 Covid-19，但為了生計繼續在工作，或者沒有完全痊癒就回來上班，造成集體傳染。為此我們推出獎金制度，鼓勵大家每天做檢驗，報告送來，不論陰陽，一律給獎金。有了報告，我們就可以依個案情形處理整個情況。

第一次做這種ＡＤＵ（附屬住宅單位），包括工程師、建築工人都沒有經驗，乒乒乓乓把房子蓋起來，才發現因為是獨立單位，不可以和原來的住宅共用水電，所以需要向水利局、電力局另外申請水電，加添水電表。

我們只好從頭申請。碰到疫情，很多政府官員都在家上班。等待接通水電的過程，比蓋屋時間還長，只能每天打電話去聯絡催促，但有時根本找不到主事人。我想出一個方法，把電話號碼發給全部員工，包括工程師辦公室的人員，誰先接通辦事員，就有一百美元獎金。

這個動作，讓枯燥無味，又充滿挫折的追催電話動作，增加許多趣味。我們的申請速度也加快了很多。

多艱難的路，一步一步都會走到。

從呈交申請書，到通完水電，房屋完工，一共八個月。

我到地方政府去拿居住許可書時，櫃檯小姐笑咪咪地對我說：「這是我們城市第一個完工的ＡＤＵ，謝謝你們替我們做了一個好榜樣。」

我忍不住想：「我才要謝謝你們呢，大衛公司不用關門了，疫情的艱難時刻工人們都有事做，員工們學到新本領，忙著做下一個計畫，兩戶開心的房客明天就要搬來啦！」

從市政府出來，我繞道去看新蓋好的兩戶公寓。紅瓦白牆，我用力吸口氣，除了新油漆味外，似乎聞到新搬進來房客煮墨西哥豆的味道，耳邊似乎聽到他們孩子因為有了住處，歡喜嘻哈的笑聲。新裝的雙層窗戶在夕陽下閃閃發光，我看向藍天，謝謝上天關閉了一扇門，卻替我開了一批窗。

貴人

「一個人一生碰到一位貴人就很難了，我們一生碰到兩位，兩位都是你。」這是我一生受到最高的讚美，是美齡夫婦一再對我說的。

二〇〇五年開始，大女兒創辦「全球愛心計畫」（GCP），每年帶著美國高中孩子去中國大陸貧困地區教英文。美齡的大兒子是第二年團隊的學生，美齡這位隨團媽媽，卻成了我們最好的助手。平常文靜不出聲音，但是在幾個緊要關頭，她站出來替我擋災消難。記得有一次帶孩子們出去玩，車子在半路拋錨，我做了一些安排的決定，大陸主辦方有微詞，向美齡抗議，美齡堅決地說：「我們照著 Sherry 的決定走。」從此以後，大陸方面看到我們團隊的一致性，不再有任何抱怨。我看到了美齡個性中擇善固執、當仁不讓的一面。

活動連著辦了幾年，也和幾位義工們斷斷續續保持聯繫，偶爾接到美齡邀約見面聊天，我總是開心地赴約。一次，我拿帳單結帳，美齡堅持：「上次是你請的，這次輪到我。」我啞然失笑，上次是六個月前，誰會記得誰付的帳呢？只有美齡這種一板一眼、不願占別人任何便宜的工程師個性才會如此吧。

二〇一三年，美齡的小兒子進了大學，當年放棄高薪在家相夫教子，階段性任務完成。美齡和我聯絡，希望來我們這個小公司實習兼幫忙，看看貸款行業怎麼進行。我當然萬分開心地接受。美齡堅持不收薪水，只做半工，但是從她進辦公室那一天，我們公司就賴上了她，她成了最早到最晚走的員工。我多麼高興這個因緣際會。過了好久，美齡才告訴我，過去幾年她總在慢慢觀察我，考量再三，才決定和我做進一步的朋友。我聽了笑得天翻地覆，早知道在被默默觀察，我一定走路時走得更招展，見面時擦擦口紅才對。總而言之，個性完全不同的兩個女子，開始寫我們交情的第某章（對美齡是第一章，對我已經到第十章了吧）。

我是超級粗線條，大而化之，想到就做，隨興而至的個性，因為從小要為全家生活打拚，習慣衝衝衝，總是箭先射出去，再沿著箭落處畫靶心。美齡是家中老大，高中時和父母移民美國，陪著父母櫛風沐雨地在異鄉打天下，還要照顧弟妹，所以個性謹慎，而且學的是數學，工程，更讓她做事懲前毖後，斂色屏氣。

以往公司的事情，我順口就處理了，美齡來了以後，旁求博考，常常提醒我踩剎車。

有一次我不小心把自己關在公司門外，非常挫折，打算多打一副鑰匙託給辦公室隔壁的鄰居。美齡立刻阻止，說我們公司有客戶和投資人的私人資料，鑰匙交給別人不夠保障。我心中想：誰要偷我們客戶的資訊？但是仍然聽從了她的意見。因為我心中知道她說的是對的。

常常有客戶貸款，我都已經同意了，美齡卻查到客戶的資訊，或房子的消息，發現中間有疑點，立刻阻止我。

有一次我們做了一位老客戶五十萬美元的貸款，放款當天，美齡又提出了幾個疑點，讓我在最後一分鐘取消交易。這是我們公司從來沒有發生過的事情，我對客戶千道歉萬道歉。過了幾年，這位老客戶涉嫌詐騙，法院調閱我們所有往來資料，因為我們交易資料正當又完全，安全過關。如果當時的那一筆款放出去，我們公司也就被牽連進去了。

美齡剛開始來上班的時候，對我造成的壓力好大，隨時怕被她找到錯處，見到她總有點見小學老師的感覺。但我知道，她是上天在我們生意擴展時派來的天使。我告訴美齡及同事們：「美齡是我們公司的守門員，如果我們兩個有紛爭，以美齡的意見為準，因為我知道她的意見都會是對的。」有了美齡在公司，我幾乎什麼都不用管了，因為她對公事看得比我更嚴更仔細，完全當自己的事處理。

在一次跟義工朋友們聊天時，我無意發現美齡除了住屋以外，沒有任何房產投資，忍不住手癢想推她一把。我一直相信，在美國，有一點房產是退休之路。

我連著和美齡夫婦吃過幾次飯，為她們分析買房地產的優缺點和風險。過了一陣子，我看到他們新手上路的恐懼擔心，所以我告訴美齡，「你們看到喜歡的房子，我陪你們一起投資。」當我說這一句話的時候，只是想幫好友兼公司得力助手一個忙，我怎麼知道，這句話把我自己的公司業務帶到了另一個層面。

從一九八五年買第一棟房子，我陸續投資了一些房地產，都是獨棟屋，很少往多單位公寓發展。有一天和美齡出去看房子時，美齡說：「現在好像多單位屋（multi units）流行，市場非常熱。」這一句話，帶著我的思想和公司業務，走上了不同的方向。

我和美齡的第一個投資，就是一個四單位的房產。從那時起，我幾乎沒有再投資過單棟屋，我進入了房地產投資更高的境界。

因著我的加股，美齡夫婦膽子大了，在共同購買了第二個單位以後，我告訴他們，他們可以獨飛了。聰慧的他們，在房地產方面做了一些投資，開展了他們的斜槓人生。美齡擅長找理想的房地產，她的先生寧喜歡自己動手修理，夫唱婦隨。他們說我是他們的貴人，每次房子修好，有了新房客，就請我去大吃一頓。我總帶著喝喜酒的開心，心安理得地讓美齡和寧搶去帳單，吃得樂樂陶陶。

有美齡在公司，我在辦公室待的時間越來越少。我們公司是開放式設計，大家同在一間大房子裡，人聲吵雜，但是大家都喜歡這樣，也就習慣了。我偶爾幾次在辦公室，回頭要跟美齡說話時，看到她淚汪汪的。追問之下，才知道美齡父親年紀大了，沒有病但逐漸衰弱，常常不肯起床。照顧的弟妹總覺得爸爸不肯努力，時時發生爭執。美齡住在外州，有心無力，只能心中暗暗焦急傷心。

我照顧過爸爸的最後十年歲月，也照顧了先生十年病痛，心中有數。所以我告訴美齡，媽媽當年告訴我的話：「錢可以再賺，父母只有一個，要趁著有機會的時候多陪伴照顧。」

光是言語意見是沒有用的。我開始盤算如何用實際行動支持美齡，最後我決定，每星期四下午讓美齡提早下班，飛去陪伴父母，我們公司再貼補一些病弱需要的資助，支持美齡的母親。

從來不願意接受任何幫忙的美齡，掉下了眼淚，在最無助的時刻，她看到了自己的出路。從那以後，美齡每個星期四下午提早下班，飛去亞利桑那陪伴老父老母，讓住在附近的弟妹可以有個喘息的空間時間。她陪著媽媽散步，去市場買菜，陪著爸爸聊天，星期天下午飛回洛杉磯，準備星期一上班。

我看到美齡臉上漸漸恢復了笑容，心穩定了，我也鬆了一口氣。我們這個年紀，都要走到照顧父母這一關，我總覺得「不留遺憾」是給自己最好的交代，也是一個人後半生的安慰。我看到美齡在盡她的力量做到這一步。以前她因為各種因素幫不上忙，只能暗暗著急，如今可以積極參與，又有緊急資金做後盾，處理起事情來，恢復了以往的指揮若定，而且心安了。中間好幾次，美齡告訴我，父母情況安定了，不想再拿公司的補助費用，我充耳不聞，告訴她：「錢是給你母親的，不是給你的，你不用掛在心上。」家中有病老的親人，心情孤單難受，有錢放著總是好的。

一個星期四的下午，我陪美齡走到電梯口，美齡誠懇地告訴我：「我媽媽要我告訴你，不要再給我們貼補金了，我們現在安定了，真的夠用了。」我不以為意地告訴美齡：「我們星期一再談，好好去陪爸爸媽媽。」

那個星期天早上，我接到美齡的電話，她說：「爸爸剛剛走了。」美齡告訴我，住在附近的弟弟來看爸爸，他們陪爸爸吃了早餐，替爸爸洗完澡，剛送弟弟出門，回頭看到九十二歲的爸爸已經走了，連忙打電話要弟弟轉回來。趙媽媽告訴美齡：「打電話謝謝 Sherry，如果不是她，今天是我一個老太婆面對這個景況，我真的不知道怎麼辦。」

美齡無憾地送走了父親。我看著她的篤定，心中非常安慰。朋友一場，其實可以為彼此做的不多，只是幫大家彼此了一個心願而已，謝謝美齡讓我幫她了了她的心願。

有一次公事上出了誤差，我說了重話，事後非常不安，打電話給美齡，美齡說：「Sherry，不要擔心，你在我這裡的心理存款太多了，我不會生氣的。」我大大地舒了一口氣，經過了十年，我終於通過了美齡的朋友考驗了。

美齡像顆定心丸，每天安安穩穩坐在公司，有什麼事，員工們都去找她商量，她的親和力，讓公司像一個穩固的大家庭。

二〇二〇年，因為疫情關係，公司開始居家辦公。同一時間，加州連著通過幾個對地產房東不利的新法令，不許漲房租，疫情期間不許趕房客等等，壞消息打得我手足無措，在家中無法伸展，但記掛為讓員工的情緒正常，仍然每天上、下午和大家兩次線上會議。

一次在會議中，美齡告訴我們，她查到加州政府開放法令，讓現有公寓可以加蓋單位。這個消息替公司找到了新的方向，還正在思考如何進行時，美齡通過和供應商聊天，認識了一位建築師，可以替我們畫設計圖向政府申請加蓋執照。萬事俱備，我們公司開始為現有的公寓加蓋單位。開工後，美齡和班傑明兩位員工，每星期戴著口罩冒著風險去工地考察，看著平地起平房，我為公司畫出新方向。如果不是美齡的仔細研究，到處觀察，我們又怎麼能昂首闊步地走在新道路上呢？

二〇二一年，美齡身體出現情況，到十一月就無法繼續工作，為了她的健康，我不敢勉強。公司提供的房屋補貼和顧問費，她都一概拒絕，讓我非常不安。因為我們公司大小事，還是習慣去找她商量。她雖然不在公司上班支薪了，但是她的心，她的智慧，都還和我們在一起。

回頭想想，和美齡認識十幾年以來，從當義工時她挺身幫忙，到進公司後替我把關，把公司的出錯率降到近乎零，兩次公司的投資方向改變，購買多單位公寓和加蓋房屋，都是因為她的資訊和建議開始執行。如果不是這些，我應該還是關在小小辦公室中做著小小的投資貸款生意，不會有投資公寓的經驗，也不會有團隊替我們建屋蓋牆。

美齡，我們之間真的有兩位貴人，一個是我，另一位是你，而你，才是我的貴人。

投資人會議

在北嶺大地震之後，我擔任公眾保險調查員（public adjuster）替屋主索賠，賺了一筆錢。一九九六年開始用這筆存款做起貸款生意。我提供貸款給人買房地產。放款前依貸款數目收一筆手續費，每個月收取的利息比銀行高，但因是自己的資金，一兩天就可以做出決定，一星期就可以放款，所以房地產投資人喜歡找我們借錢，搶時間到地產市場上拿到好的交易。

屋主用我們的錢買到低價房後，依屋況修理內外，增加房子的價值，再放到市場上轉賣，賺中間的差額。因為我們的利息高，是主要開銷，所以屋主翻修轉賣都必須動如狡兔，才有好利潤。這些貸款都是一到兩年的短期貸款。還款後我們又可以做下一筆交易了。

我手中每一分毫，都是自己辛苦賺來的，投資當然特別謹慎。我和先生朝兢夕惕地檢查著每一筆交易，敬小慎微地和借款人周旋。用放款收取的手續費和每個月利息收入來養家糊口，陪伴著家中兩個幼女慢慢成長。

過了不久，因為訓練我做地震協議師而成為好友的老闆夫婦，把他們的儲蓄交給我一起投資。再過了一段時間，媽媽的老友趙先生夫婦，把工作了一輩子的旅館賣了，拿著賣旅館的錢來找我，媽媽殷殷囑咐：「他們很苦，你要好好幫他們。」善良的媽媽，看到別人很苦，沒有看到她女兒也很苦，我心中有一些不平，但是媽媽交代的話不能不聽，我手中可以調轉的金額又增加了一大筆。

一天，女兒的民族舞蹈老師，拿著存摺淚汪汪地來求助，要我替她整理手中的存款，她說在外面被騙得稀里嘩啦，只有來靠我了。

本來只是自己的小小投資，連著加入了大筆錢軍，做起生意來自然更是順手，有了幾位固定的借款客戶，資金的周轉也更流暢了。

我賺取每筆交易的手續費，但每個月利息支票，就全額按比例付給大家。朋友們的儲蓄變成了利息收入，每到月初就眉花眼笑地請我吃飯聊天。我因為過手的金錢量大，收到的手續費加多了，做得日升月恆，開始有餘裕帶著女兒們做些社會服務的工作，常常暗暗得意，覺得自己居然還有做生意的天分呢！

大女兒在大二開始帶此地高中生到中國大陸教貧寒學生英文。有幾位孩子的媽媽成了義工，每週末和孩子們一起來家中聚會，活動結束後也成了好朋友。進進出出我們家，開始對我們的生計發生興趣，知道我們的投資項目後，也紛紛加入投資行列。

本來一個人拿著支票本寫支票的小小生意，經過歲月的加持，朋友們的信任，還有義工們的興趣，慢慢做出一個局面，生意慢慢擴展，我常常午夜夢迴，摸摸頭，想不通，怎麼走到了這裡？

大女兒大學畢業，碰到不景氣，決定回家來幫忙。先生說：既然女兒要回來，就出去租一個辦公室，不要讓女兒養成和我一樣穿著睡衣晃一天也算上班的壞習慣。

就這樣，我們在家附近租了一個小小辦公室，放兩張桌子，一個飲水器，女兒和我開始「辦公」。雖然是做習慣了的老事情，女兒卻帶來新觀念，買軟體，加員工，我也就順著她。女兒要開投資人會議，反正都是親朋好友，我也不以為意。

那天辦公室來了近二十位投資朋友，彼此肘肩相並地擠坐在兩張桌旁。大女兒向大家解釋了整個營業情況，還有她替生意做出的未來的打算。我坐在朋友群中，心中略帶驕傲，笑咪咪地欣賞著她辦事的條理清楚，不論虎媽羊媽黃牛媽，只要女兒能幹，就是我的面子啊！

我還沉浸在自我陶醉當中，突然有一位朋友問話：「那你們公司要靠什麼營運？」我望向提問題的朋友，有點難過，難道她對我收取借款人手續費不滿嗎？

我以為要被踢館，趕快解釋：「我們每一筆貸款都有百分之三到五的手續費，這是我們公司的營運收入。」

「那是你本來就應該有的利潤。但是你們現在租辦公室，又要請員工，又要買軟體，你們要靠什麼營運呢？」我吞吞吐吐地回答朋友，我還沒有準備把生意擴大成這樣，已經做了七、八年都沒有問題，應該沒有問題吧。反正我自己投資也需要做這些事，並沒有什麼特別的。

女兒沉穩地告訴大家：「按照我的計算，打平開銷應該沒有問題。」

「那你們的利潤呢？應該向我們收一些服務費才對呀。」另一位朋友接口。我急了，臉也紅了。收借款人手續費，我都已經有賺朋友錢的尷尬不安了，總是自我安慰：「錢是借款人出的，不算占朋友便宜。」又怎麼還好意思動朋友的念頭，收大家的服務費呢？

女兒和投資朋友們討論起服務費的可能性，我哭笑不得地想要鑽到地底下，華人的書卷舊習，不但怕談錢，更覺得賺朋友的錢太難看。在場的都是女兒要叫阿姨叔叔、甚至婆婆爺爺的人，大家看著她長大，興沖沖地期待著她畢業了來幫忙，如今怎麼計較起金錢來了？怎麼能去討論服務費呢？

我一眼看朋友們越談越熱烈，已經和女兒算起每筆費用應該如何收取。我一直積極頻說不行不行，用力反對。但女兒和眾人卻侃侃而談，根本不理我這個媽媽。

一位朋友說：「你只有收了服務費，公司才能真正擴大營運。如果你不收，小眉小眼的，永遠成不了氣候。」

我想阻止女兒，另一位朋友說：「聽你女兒的沒有錯，她比你能幹，我們相信她的決定。」

我還要繼續說話，朋友中最毒舌的L開口：「收啦，這樣將來你死了，不論誰接這個生意，都可以繼續下去。」

什麼和什麼？L的話雖然毒辣，但是我知道他是真心為我好。只是當面談錢這種事，真的是叫人難堪地想找個地洞鑽。

我啼笑兩難，嘴角扯得快累死。最終，女兒和大家討論出結果：不論我們向客戶收多少利息，一律付給每位投資人百分之八。換句話說，朋友們自願放棄每個月百分之二十到百分之三十的利息收入，來支持我們公司成長。

投資朋友們拍手通過提案，女兒變成了會議英雄，大家嘻嘻哈哈地出去吃慶功宴了。從頭到尾，我只有面紅耳赤地陪笑，不知道到底自己是贏了還是輸了。

二〇〇九年，我把自己的一人小公司關掉，成立了新公司，女兒考到經紀執照，正式開始做大眾貸款的生意。因為有了服務費這一筆額外的收入，我們有充裕的預算，換了大辦公室，請了會計小姐專門管帳，使用專業軟體記錄每筆貸款收支，請獨立稽查員每三個月核對帳務，請專業估價員確認房屋價值。還請了律師替我們審核貸款文件，解決有關法律的任何問題。

這個貸款抵押公司，穩穩當當地度過了房地產的景氣及不景氣循環。我知道朋友們用這些利息養家活口，當退休金，活出了另一片生命的天空，暗暗鬆了一口氣，覺得沒有辜負大家對我的信任和愛戴。

二〇二〇年，加州因為疫情閉關，我擔心政府因應疫情而訂的法律會造成大家的損失，到底自己不是精明幹練，知道如何永續經營的生意人，所以邀請投資朋友們來家裡，把他們的投資款項全數歸還，和大家依依不捨地說再見。

這是一段非常美好開心的投資歲月。對我如此，對投資朋友們也如此。

一切，緣起於一場喧鬧的投資人會議。

輯五——老闆日

我錯了白板

二〇二〇年三月，加州政府因為新冠疫情發出禁制令。我們公司只好守法關閉，以為過一個星期就回來了。沒想到自此開創了四個人各自在家上班，三年幾乎未曾重聚的紀錄。

線上開會時，問大家最懷念公司的什麼事，我們不約而同地想著：「我錯了白板」。

這個白板是公司一景，掛在進門的右手邊，上面貼了十張二十美元的鈔票。

一個小公司，只有三位員工加上老闆，但是牽涉的工作有房客、有管理公司、有仲介、有投資人、銀行、公證公司……各式各樣廣泛業務。事雜人繁，錯誤總是會有的。發生錯誤時，最怕的是做錯的人想去掩飾，小錯拖成大錯，越來越難彌補。另外就是做錯的人會覺得不好意思，辦公室中大家直面相對，導致一個小小的錯誤像是犯下滔天大罪，還得不停道歉。

為此，我這個百變老闆突然想到一計：貼了十張二十美元鈔票在門邊的白板上。公布：現在開始，犯了錯的人認錯後，只要想出修正方法，就可以去拿二十元慰問金。慰問金的作用，一方面是嘉獎勇於認錯，一方面用小小的獎金抹去做錯事的不適感，忘記過去，重新再來。

我得意地告訴好友夫婦我發明的這個「做錯領獎」的想法，好友太太脫口而出：「不公平的比賽，老闆自己一定贏最多。」好友則潑我冷水，說我這是莫名其妙，鼓勵員工故意做錯找機會拿錢，保證白板上的錢一轉眼就被領光了。

自此每天上班，自然而然瞄一眼白板看看鈔票少了幾張。發現原來大家這麼努力，犯錯的機會真的很少。

有一次會計米雪忙了一個早上都無法平帳，只好託辦公室主任美齡幫忙核對。兩個人弄了一個下午，才發現是我這個糊塗老闆提供的一個數據錯了。這一張二十美鈔的錯誤獎金應該屬於誰呢？我們三個人推讓半天（不是不是，不是我的錯，是您錯了），最後決定讓她們兩位平分當作老闆的道歉金。（老闆當然不會犯錯呀！）

還有一次米雪犯了一個錯誤，修正後忘記去拿錢，班傑明下班之前提醒她，同時暗示自己提醒有功。最後兩人約定，這個二十元獎金明天中午買兩個排骨便當平分。

「我錯了白板」讓大家更小心努力地工作，也把公司中常會發生的犯錯事件變成了日常小事，改過就好。我就負責每星期替白板補上新鈔。

二〇一八年的某個星期一，開始上班後，突然覺得不對勁，白板上的錢不見了。我們趕快各自去檢查抽屜，我抽屜的禮券，班傑明抽屜的房客押金，都不翼而飛了。原來公司在週末期間，被闖空門了。

報警後，一向謹慎的美齡提出意見，說是牆上貼的錢太顯眼，引起宵小注意。真氣人，犯錯獎金居然被犯錯的人偷走了。被闖空門的陰影，壓在大家心中，辦公室的笑聲少了，我也忘了再替「我錯了白板」貼上新鈔。

有一天，客戶安琪突然出現，拿了十張鈔票貼到白板上，她說她先生知道我們公司「我錯了白板」的故事，不希望這麼正向的一個公司政策，因為被闖空門的偷走而消失，要以行動來表示支持。

原來「我錯了白板」，不只引來宵小的貪念，也帶出朋友同儕之間彼此的關懷和支持愛護。

「我錯了白板」是一個不錯的決定呢。

我們的房子，你的家

昨晚整理電腦舊檔案，看到二〇一四年我寫給房客們的信：「親愛的房客，謝謝你們一年來把房子保持得清潔整齊。這是我們的房子，但卻是你的家，很開心你在家住得愉快。附上小小禮卡，祝你們有個開心的國慶日，多吃一點熱狗。」

美國是個保護弱勢的國家，尤其加州，特別保護僱員，房客，只要鬧上法庭，幾乎都是做老闆和做房東的吃虧。

華人喜歡房地產，常有朋友和我提到不敢買房子，因為怕碰到惡房客。朋友也好奇我為什麼很少會有上法庭的情況。

我開玩笑說我有祕密武器。其實一切起源於女兒去芝加哥工作時，租住在一棟有管理員的大廈，有一天女兒回家，開心地照相給我看，原來管理公司在她的桌上放了一束玫瑰和一張Starbucks的咖啡卡，祝她生日快樂。小小的善意表現，讓客居的女兒，生日過得特別開心。打長途電話和我分享，也給了我靈感。

從那以後，我們公司也仿效這個做法，一年三次分送禮卡給所有房客。很小的數目：國慶日二十美元，請大家吃烤肉。感恩節三十美元，替大家買火雞。聖誕節五十美元，祝大家聖誕愉快。

做這件事，最開心的就是負責管理房客的班傑明，他不抱怨增加的工作量，時節快到了，就和太太開始設計卡片，印好以後把卡片和禮卡分別裝好，過節前三天，開車去每一戶房客家遞送。班傑明說，常有房客拉著他的手告訴他：一般碰到房東就是惡行惡狀地來立規矩，要房租，很少是來送開心和關懷的。

每年這三個分送禮卡的季節，我們自己公司也充滿了歡樂的氣氛，知道有這麼多人會因為我們的善意而開心，過一個有意義的年節，員工們嘴角也自然地翹了起來。

一次，有棟公寓水管漏水，因為工人太忙，無法即時過去修理，拖了幾天。有位房客私訊班傑明問他公司是否有財務困難？前些日子給他的禮卡他還沒有用，可以還給我們補助一下。班傑明笑著讀這個私訊給我們聽，但我們都紅了眼。

前幾年我突然想到，房客們環境都比較困窘，我們送他們 Target 的禮卡，Target 算是消費較高的百貨公司，禮卡對他們有實際作用嗎？還是應該送平價百貨公司的禮卡比較實用呢？

公司討論很久沒有結果，決定直接做民意調查，發出了十個私訊問不同房客，他們是否希望我們改送比較平價的百貨公司禮卡。沒想到十位被詢問的房客都立即回訊，希望繼續收到 Target 的禮卡。原來 Target 百貨是他們購物夢想，我們一個小小的舉動，讓他們的美夢成真了。

想著這些年，這些禮卡變成一個穿著新舞衣小女孩的旋轉、一個拿著玩具超人小男孩的跳躍，或是某一位太太看到烤箱、一位先生拿到新刮鬍刀的驚喜。我真心謝謝房客們給我這個機會，做一個替大家圓夢的人。

殺豬記

有文化傳統的公司，都喜歡有個吉祥物。我們公司也有，是個小豬撲滿。事情要說從頭。公司買了一棟房子，交屋那天全公司一起去收屋，順便檢查屋況。

原來的屋主雖然搬走了，車庫裡還是堆滿了東西。一般買主一定勃然大怒，打電話叫原屋主回來清屋。我們可不，我們是有文化的公司，立即把交屋行動變成「獵奇大會」，幾個人開心地在車庫裡尋寶。

我最開心的，就是找到一呎長的小豬瓷器撲滿。

小豬撲滿放在公司檔案櫃上，看著開心，美齡替小豬畫上了睫毛，班傑明調皮地替小豬擦上口紅，我開始把皮包裡的零錢往裡面丟。每次聽到叮咚一聲，就想著：老天，這麼大一個撲滿，什麼時候才填得滿呀！

常常從座位走到放小豬的檔案櫃，看到員工們低頭努力工作，我心中深深地感恩，忍不住把皮包的大鈔也往裡面丟。丟著丟著，我慢慢有了一個想法。

公司每做完一筆生意，我就領一點現金，塞到撲滿裡，暗暗感謝大家的努力。員工們看我走來走去投錢，也常常把零錢往裡面丟。班傑明還好奇地問我：「你真的有放錢進去嗎？怎麼沒有聽到聲音？」我笑而不語。等著瞧吧！

我們說好分聖誕禮物那天要「殺豬」，時間到了，大家卻又捨不得了。看了一整年的吉祥物，怎麼捨得一把摔碎呢？商量好久，決定打電話請公司工人過來替我們開刀。工人拿著電鋸趕來，美齡仍然捨不得切開小豬，開始和工人討論是否可以在肚子底下挖一個圓洞，把錢挖出來，仍然讓小豬保持美麗的姿態，在檔案櫃上站崗。

過程中，也想來殺豬的班傑明六歲小兒子小班，百無聊賴地拿著小豬在辦公室走來走去，只聽砰的一聲，小班摔倒在地上，小豬也應聲而破，碎腸破肚地，灑了一地美元紙鈔硬幣。小班嚇到了，我們卻哄堂大笑，大家解決不了的問題，這個六歲小男生替我們解決了。

殺豬場立刻變成了賭場，大家席地而坐，用擲骰子決定每輪拿鈔票的先後順序。百元大鈔拿完了，再輪著拿五十元的、二十元的、五塊、一塊的鈔票。剩下所有硬幣都送給了六歲的小班。小班說：「這是我一生最開心的一天。」

想著這一年每天偷偷往小豬肚子裡塞錢時心中的竊喜。我笑咪咪看著幾位員工驚訝，歡呼，尖叫。一年的辛苦，謝謝你們了。

也謝謝小豬給了我一年隱微的快樂，我明天就去替你找接班人，接替你站崗——一樣站在人間最美的、感恩的位置。

老闆日

二〇一八年底，我正在為員工的聖誕禮物傷腦筋，看到《世界日報》報導：德國的實驗和實踐表明，公司員工上班四天，會增加員工的工作動力和幸福指數，歐洲許多國家已經開始實施這個制度。

我心想，我們這個小小的公司，就試三個月，當作送員工的聖誕禮物吧！

我是個愛出主意的老闆。在公司會議中的提議，常被大家當場否決。所以提案之前，我有點擔心又要被大家一致否決（原因可能是：譬如事情做不完，譬如禮拜五要和別的公司接頭等等）。沒想到，這卻是公司有史以來最快被通過的決議，五秒鐘大家就一致通過！

那星期五辦公室沒人怎麼辦呢？別人都上班呀，會有電話、信件、送貨……要如何處理呢？結果，解決方案出來了：由老闆在公司坐鎮！因為我這個老闆平常東跑西跑，在辦公室的時間不多，現在星期五變成「老闆日」，所有要找我的人，都約到禮拜五來，我既可以顧公司，又可以處理事務，問題解決了。這是非常開心的一次辦公室會議。

第一個老闆日，我當然打電話問候員工。班傑明夫婦帶著一雙小兒女出門度假三天。美齡和先生在超市採買。米雪正和朋友爬山，電話訊號都不清楚，我卻聽得好開心。我一個人的八小時，換來三家人的輕鬆笑顏，這筆帳算得好。

好日子總是過得快，三月的最後一個禮拜，我告訴大家：下個月要回復五天上班了。沒想到三位員工居然都抗議，拒絕星期五回來上班。礙於群眾壓力，我只能繼續當個開心的老闆日守候員。

「老闆日」造成唯一的一次不便，就是有一次出來上洗手間，忘記辦公室裡沒有其他員工，竟順手把門鎖上。那真是人生大考驗，手機皮包都鎖在辦公室，腦袋瓜什麼電話號碼都想不起來。只好跑去找鄰居借電話，打電話請鎖工來幫忙開門。（美國開鎖好貴呀！）

週休三日給我的最大教訓，居然是出辦公室千萬不要鎖門，不要把自己關在門外。

疫情閉關後，大家改成居家上班，本來我還很努力地在週五獨守「辦公室」，堅持著老闆日的傳統。後來看看左右前後，沒有人監視，UPS也不會送貨來，郵差送信直接放信箱就好了。那，老闆也放假啦。

常有別的公司找我們約時間，談事情，我告訴他們：「我們公司週五不上班。」大家都認為，你們公司員工好幸福啊。坦白說，我這個老闆也很幸福，老闆日偷偷放假，跟著玩耍，和大家一樣週休三日。

至於公司的營運成果，我只能說，研究報告正確也不正確，因為公司的獲利是增加了百分之五十，不是研究報告說的百分之三十！

今天是老闆日，我坐在街角咖啡廳喝咖啡，想著員工們不知各自在哪裡玩耍，他們不知道老闆也正在打混，忍不住笑了起來。

二百五抗通膨

員工班傑明來電：「我們度假回家，家裡好乾淨。我太太要我打電話謝謝老闆。」

一次，工作要處理緊急事件，和班傑明談完，我說晚安，班說：「我還得去洗衣服。」班夫婦都上班，家有兩個孩子。忙公務家事，要等孩子們都睡了，才能做家中清潔的工作。這麼晚了，洗完衣服烘乾疊好，要弄到幾點？明天早上怎麼有精神上班呢？

我找了清潔公司，每星期一次替他們整理家務。班和太太來電向我道謝。告訴我家裡乾淨了，不再罵孩子把家弄髒，不再爭執誰該洗廁所誰該清廚房。知道每星期一次，會有人來整理，省下的時間精力，全家玩遊戲，談心。鏡頭中，看著他們兩人的笑顏，我像挽住了天上白雲，飄浮得開開心心。

我問另一位員工，從天津來的勤奮米雪：「你現在吃飯怎麼處理？」以前上班時，我常帶便當給她打牙祭。她告訴我「十六塊買一個便當可以吃兩天。」她一邊說我一邊回想，四年前，米雪的外婆和媽媽來看她，到我們家歡聚，我答應要替她們照顧心肝寶貝的。「米雪，公司每個月貼你兩百五十美元的菜飯錢，去吃好一點，精緻一點的，為公司好好照顧自己，好嗎？」我不敢說為了外婆和媽媽吃好一點，怕牽動了米雪心中久遠的鄉愁。

又想到會計師L，她先生身體不好，無法工作，靠L一個人撐著家裡。加州物價油價暴漲，怎麼撐？忍不住打電話告訴她：「我每個月貼補你兩百五十塊油菜錢，我們共同為對抗通貨膨脹努力吧！」一向堅強獨立的L哭了起來：「這對我現在幫助太大了，謝謝！謝謝！」L，你為我認真工作了十年，是我要對你說謝謝才對。

看著每天通膨的報導，心驚肉跳。我告訴員工：周遭所有替我們工作的人士，我們都貼補吧。包括工頭、替我們畫設計圖的建築師、替我們工作了十年的工人。我一一打電話去向他們道謝，謝謝他們多年來的支持和努力。同時告訴他們，每個月會自動寄上一筆兩百五十美元的油菜錢。我開玩笑地說：

「你們專心工作就好了，這些通貨膨脹的事由我來煩惱。」

這個福利，好友不以為然：「你真是二百五，這樣做，他們頂多第一次謝謝你，以後習慣了，根本不會感恩，只會期待再從你那多得到一些。」

另一位好友關心地提醒我：「你要當心人性，以後萬一不給了，他們會怪你呢！」

好友不知，我哪裡需要大家說謝謝呢？昨天看到報導：牛奶價格要漲百分之九。我輕鬆地伸個大懶腰，知道周遭辛苦工作的員工都會好好的，知道他們不用為這些繁瑣負面的消息擔憂，家中和美，可以盡情地發揮所長，努力處理公司業務，我得到的，何止兩百五十美元呢。

我這個算盤打得多好啊！想到得意處，我露出二百五開心的笑容。

不小的小米雪

當你想到一位替你服務十年的員工，你的第一個印象是什麼？對我，是她脖子上慢慢泛起的紅點，先是一顆又一顆，慢慢地，整個脖子都紅了……。

二〇一二年，一位要返台的朋友託我，他的公司關了，公司裡做帳的小妹到另一家公司上班，因為看到新公司蓄意做帳，帳務不清楚，她非常痛苦，希望我幫忙照顧一下。我有口無心嗯嗯地應著。

過了兩天，有個年輕女孩說是來面試。白淨的臉上戴著大眼鏡，清湯掛麵頭，從天津大學畢業過來投親。投親不順，所以咬牙出來打工。這是我第一次見到米雪。

我當時租個一百二十五呎平方的辦公室，放兩張辦公桌，擠著兩個人，連轉身都難，哪裡會多請一位會計小姐？虛應故事地聊了幾句，我送她出門，習慣性地陪著她走向車子，離去前，我給她二十塊油錢，謝謝她來訪。以為從此不再見。那是週六的中午。

星期一早上到辦公室，米雪已經站在門口等待，她聽姊姊說在美國面試沒有給車費的習慣，這種老闆一定要跟著。所以一早辭了另一個工作，到我們辦公室門口來站班。

就這樣，我們公司多了一位會計小姐。三個人擠兩張桌子，當她們三人需要同時工作時，我就到公司大樓的咖啡廳辦事。米雪接管了公司收帳付帳記帳的責任，晚上在社區大學選修會計課。我們的會計師露西看她勤奮認真，也盡心教她一些會計基礎。

擔心她晚上出入社區上課不安全，我鼓勵她全力修白天的課，反正公司就是那些事，怎麼樣都做得完。一個拿最低工資的會計工作，不應該拴住這位遠離故鄉、勤奮向上孩子的前途。

米雪的經典對話：「阿姨，你對我這麼好，我替你工作一輩子報答你。」「不要不要，米雪，你好好努力，能飛多遠就飛多遠，說不定有一天還要靠你來提攜阿姨呢。只是你走前一定要幫我訓練好接班人。」我們就這樣約定。

流水帳的日子在帳本中緩緩流去，多了米雪的幫忙，我的日子如水上輕舟，輕鬆好過多了。

某日接到大女兒電話。和米雪同齡的大女兒剛在名校修完MBA，到知名公司做項目經理，薪水高工作忙，做得愉快得意。女兒在電話中笑翻天：「媽媽，我還告訴妹妹我不怕花錢，怎麼花戶頭都還是那麼多的錢，今天才發現，原來過去幾個月，都是你們公司在付我的信用卡帳，怪不得。」

什麼！什麼？我大吃一驚，這是搞什麼飛機。女兒管著她們部門幾千萬的預算，卻連自己收支都弄不清楚，我忍不住罵起女兒的疏忽和不負責任。

女兒被我罵翻了臉，說：「你別罵我，我至少還發現了這件事，你們公司這麼多人，亂付了這麼久的帳，連發現都還沒發現，比我更糟糕。」

我又驚又氣又怒，立刻把米雪叫到會議室，叫她解釋怎麼一回事。

米雪唯唯諾諾的，看著自己犯下的錯誤，因為女兒信用卡帳單都是寄到公司來，她就當作公司開銷付掉了。

我氣女兒的糊塗，心疼被她亂花掉的那些錢，氣自己的不經心，尤其被女兒當面指責的窩囊氣。

此刻，全部的情緒都發在對面這個被嚇壞的小女孩身上：「你負責去和我女兒收帳，收不回來你就賠，從薪水慢慢扣。」

我看著米雪的脖子慢慢泛起了紅點，從一顆兩顆，到布滿了整個脖子，整個脖子都泛紅後，才隔著厚厚的鏡片，看到她的眼淚慢慢地聚積，落了下來。我們公司一向做錯不罰。突如其來的打擊，又是好幾個月的信用卡花費，要怎麼處理呢？小小米雪當時應該完全無法思考吧。

這件事當然不了了之。我不知道到什麼時候米雪才了解，我當時說的是氣話。

在這期間，米雪在社區大學拿到會計學位，又去加州大學修了一個電腦軟體管理碩士。幫助她修到這個學位的朋友，常常提醒我，米雪拿到學位後，可以高薪找到許多其他工作，要我心中有數，隨時替公司準備找人。

而米雪也這樣安安靜靜地待了下來——十年。

二〇二一年我和女兒聊天，小女兒說：「媽媽，你要知道，米雪不只是你公司工作了十年的員工，她也是有十年工作經驗，有電腦管理碩士學位的高階會計人員了，你要注意她的薪水。」

一語驚醒夢中人，我第二天立刻替米雪調薪百分之二十五。二〇二二年加州物價飛漲，報上每天都是入不敷出的新聞，我忍不住打電話問一下她現在的薪水，米雪回說：「你已經替我們都加過了。」

考慮再三，我決定還是再加一次薪，幫大家因應難關。那天剛好是不用上班的星期五，我近午打電話通知米雪這個消息，睡得迷迷糊糊的米雪居然脫口而出：「又要加呀！」然後驚醒過來連聲道謝。電話兩頭我們都笑得震天價響。

「又要加呀！」成了米雪的第二個經典名言，我們常常拿來取笑她。

這一年公司變動特別多，帳戶進出頻繁。我因為媽媽身體不好，女兒也連著生病，完全顧不上公司帳務。有一天突然想起這件事，打電話請米雪跟我對帳。

認真的米雪，一定是掛了我的電話就開始整理，當天晚上九點，她把全部帳戶電郵給我，帳務進進出出一清二楚。

我想想不放心，打電話給她：「米雪，你不要以為我在查你的帳，我只是想弄清楚。」

「不會的，我們十年交情，我怎麼會不了解你，完全不會有這個感覺。」

她笑了。

是的，三千多個日子在我們中間滑過去，小米雪已經不小了。

我又想起當年那個小女孩脖子上慢慢泛起的紅點，那些因為我自己無端的憤怒，而丟在她身上的責備。那些被驚懼、不安、責罵激起來的身體反應。

到了今天，我仍然沒有勇氣，跟她說一聲對不起。

你們在哪裡？

沒有人知道意外和明天誰先到來。

那天，正在咖啡店輕鬆地看書，電話鈴響，我從詩情畫意中抬起頭來，是管理公司，告訴我有一間公寓失火了，他們在現場處理，救火隊警察局都來了。

我問：租客有買租戶保險嗎？

經理告訴我：有。

我放下了心。美國屋主買的，是房屋保險，意外發生時，保險公司會賠償房屋損壞。至於租戶家裡面的家具器材，及災後住宿這些問題，就要由租戶自己去買租戶保險來保障。租戶保險不貴，一年才一兩百塊。但是發生意外，不但可以賠償兩萬塊以內的家具費，還提供三個月的住宿。所以房東簽租約時，都會建議房客購買租戶保險，保障自己的安全。

過了一兩小時，管理公司經理來電告訴我是公寓的單位B失火，上班時間，沒有任何傷亡，但屋子裡面全毀了。另外，經理告訴我一個壞消息，B住戶沒有更新他的租戶保險，舊保險已過期，他們目前沒有保險。

我問：「孩子呢？孩子在學校，多大？」經理說不知道，但是要我不用擔心，已經依法把這個月剩下日期的房租退還給房客了。房客可以用那些錢去住旅館。

我心中擔憂租戶住家全毀，從工作地方趕回家看到滿目瘡痍的緊張和無奈，一生心血就這樣被一場火燒了。我要求公寓經理：「麻煩幫我一個忙，去銀行領一千美元現金給他們應急。」作為一個房東，這是我至少要做到的。沒想到年輕的經理立刻否決：「阿姨，不行，你這樣做，他們會以為你做錯了什麼，要找理由來告你了。」不是這樣的，我焦急地向經理解釋，人有急難，這個就是急難時候，怎麼可以袖手旁觀呢？尤其是自己的租客。

我的辦公室主任到底比較了解我，向經理解釋：「Sherry只是想讓他們度過這幾天的難關，沒有任何其他意思。不然，去Target買兩百五十元的禮卡，讓他們孩子明天有換洗的衣服呢？」「不要吧，Sherry 阿姨，你難道忘記上次的教訓了嗎？」這個經理大學畢業就到管理公司做事，認識十年了，習慣叫我阿姨。

他提到的，是管理公司曾經有一位工人，在別的公寓工作時中風發作，半身不遂，失去生計。其實事件與我無關，但我聽後心中不忍，拿了一些錢要管理公司替我匿名地慢慢給這個工人，維持他急難時的生計。工人起初萬分高興感恩，但是錢用完以後，卻反口來告了管理公司，認為他的中風管理公司應該負責。

不知後來官司如何解決，但是我的一念之仁替他們公司惹了麻煩卻是真的。經理提起這件事，我啞口無言。

過了一會，我問：「我自己去公寓找他們可以嗎？」經理說，「只要不要讓他知道你是屋主就好了。」然後又哀求了一句：「阿姨，請不要替我們惹麻煩。」

我白天晚上共去了三次。也許因為東西全部燒壞了，不需要再回頭整理，從來沒有看到這位租戶和他的家人。

保險公司出面處理我們的損失，因為損害嚴重，同意賠償一整年的房租。我的難關過了，B租戶夫婦帶著兩個孩子，把手中的錢用完後要怎麼辦呢？

我花了很多時間想和員工商量出一個可以幫忙B租戶方法，但是管理公司為了保護我和他們自己，嚴密地搭起了隔離網。我連住戶的名字都不知道。

我忍不住向女兒抱怨：為什麼沒有人懂得我替B租戶心焦的感覺？女兒說：「媽媽，因為他們沒有和你一樣窮過，他們不懂窮得一無所有的滋味。」

原來小時候的窮困，替我的心安置了一個柔軟的角落。

人和人之間，最基本的善良，常常被一次的惡意抹除了，讓人們在伸出善良的手之前，先想好會不會被反咬。B租戶，你們何其無辜？在這情況中，也成了受害人。

但是我想告訴你們，現在開始，所有的租戶，我們公司都替他們買租戶保險了。我不想讓你們流離失所的遺憾，再發生在其他人身上。我也常常告訴租戶們，是因為你們的遭遇，我才做了這個決定。

我仍然常常問，B租戶，你們在哪？你們好嗎？我常在心中描繪著，那個早上，你們一家四口，手牽手笑嘻嘻走下樓梯的樣子。

焚鈔記

好友美齡傳簡訊給我：「鑄刻印鈔局（Bureau of Engraving and Printing）重新開張了。」我連忙把訊息抄在筆記本上，這是我那三百塊美鈔唯一的還魂機會了。

二〇二〇年疫情延續，加州頒布戒嚴令。我們靜靜地躲在家中，面對不可知的疫情。對外的唯一實體接觸，就是靠團購每星期送食材過來。一個平常的八月天，我把三張百元大鈔放在信封中交給管家，要她支付送到的菜錢。

正在網上開會，彷彿聽到啪的一聲，接著聞到一股燒焦味，也沒往心上放。開完會後，隨口問管家：「是什麼燒焦了？」管家滿臉愧疚地說：「小君，我惹禍了。我想鈔票容易長細菌，好心想替團購的人把鈔票消毒一下，沒想到放到微波爐中，居然變成這樣。」

只見潔白的信封上，是有一點燒焦的痕跡，但並不嚴重。沒想到信封打開一看，裡面的鈔票居然燒焦了。美鈔不是很牢靠，經得起撕、經得起洗嗎？怎麼可能白紙信封都沒有事，裡面鈔票卻損毀成這樣？打開微波爐，看到微波爐角落上有一塊燒壞的痕跡。管家囁嚅地說：「我來賠。」我安慰她：「小事小事，銀行可以幫忙換的。」

打電話給銀行，相熟的銀行說沒有關係，把鈔票連灰燼放進塑膠袋就好。我把燒壞的紙鈔放在塑膠袋中，託人帶到了銀行櫃檯。過了一星期，消息傳來，銀行小姐說：「燒毀太厲害，超過百分之五十，不能換。」

小事變大事，拿著退回來的紙鈔，我開始專心研究：三張鈔票的損傷位置都在右手邊。原來美國二〇〇九年製作新版的百元鈔票，為了防止假冒，採用兩種先進安全特徵：3D安全條帶和墨水瓶中鐘形圖案，兩者都摻和了金屬。難怪放到微波爐裡會高溫爆掉。

我到朋友群組求主意。做生意的玫君立刻私訊我，告訴我在美國損壞美鈔是重罪，要我趕快把訊息拿下群組，以免替自己找麻煩。

我真不平，左看右看，美鈔上根本沒有標明不許微波，這麼不經燒的鈔票，壞了怎麼能怪我呢？

最會查資訊的美齡替我找到消息：損毀百分之五十以上的鈔票，可以去鑄刻印鈔局申請，請他們幫忙鑒定，如果一切通過，印鈔局可以補發新鈔。

這可是大好消息，我連忙上網想要填申請表，沒想到疫情期間案例太多，印鈔局居然暫時關閉。原來「焚鈔療疫」的不只我一個呀。

來美國四十五年，終於知道，美鈔不可以放微波爐加熱。

輯六——身影

悲欣交集的暑假

當年，大女兒從高一跳讀大學，十四歲的小女孩走在大學校園中，她怕，我也怕，只好成了全職陪讀媽媽。七歲小女兒的學業功課，就交由先生負責。

當看到小女兒成績單上的二十七分，問她怎麼一回事，二年級的小女眨眨眼：「爹地說趕快把空白填滿了，我就可以和他一起看電視。他說不可以告訴媽咪，你會罵人。」眼光中充滿了對爹地未卜先知的崇拜。

就這樣，小女兒在「和爹地看電視」及「噓，媽咪來了」的狀況中交錯成長。

時光拉長了孩子們的身影，也吹漲了女兒的好強。大女兒進了普林斯頓大學（Princeton University）後，我終於有時間陪伴小女兒，卻也只能看著她像迷路的松鼠，在初高中的課業中努力搜尋，吞嚥，把腮幫子擠得滿滿的。看著她的努力和無能為力，我有無限的愧疚。

二〇一一年，小女兒進了她不滿意的大學。先生在同年十一月開始頻繁進出醫院。情深的父女兩人，各自在不開心的環境中無奈地浮沉。而我，在生活的深海中，能浮上來透一口氣，已是萬幸。所以，當小女兒告訴我她想要轉學時，我只淡淡地回：「一般學校不收大一轉學生，讀完大二再說吧。」在我心中，她仍然是那個明知不可為而為，常常白花力氣的小女孩。

暑假到來，小女兒收到喬治城大學（Georgetown University）入學通知。我和先生笑開了。每年兩千多名優秀轉學生申請書中錄取一百名，僅百分之五的錄取率，小女兒居然是以大一生的身分被破格錄取，終究，小松鼠貯存的冬糧發揮作用了呀！

先生在病床上動不了，我和小女兒去看新學校，在紐約工作的大女兒也飛來，母女三人在兩天之內走遍了喬治城校園和華盛頓。小女兒一直醉心政治，希望在社會的各種改革上盡分力。如今可以進入美國的政治、國際關係、社會科學的頂尖學府。我嗅著櫻花香，想像女兒在課堂中穿梭，和同學教授們高談辯論，還有，成了政治人物侃侃而談的樣子。

這，是我們母女三人一生中共有最開心的一天。

回家後，我又開始在家事，公務，醫院中穿梭。喬治城大學的學費訂金繳了，宿舍訂了。我任由女兒去享受她在洛杉磯的最後一個暑假，而她總是約著朋友去醫院探望父親。

八月底，我把信用卡交給女兒付學費。女兒卻告訴我，她不去喬治城了。

「什麼？女兒，這是你的夢想：走到政治的路上，為弱勢盡一分力。媽媽又何嘗不知道，你心底的遺憾，認為自己比不上姊姊成績這麼優越。但你的努力，終於把你送到同樣的一流學府了，現在怎麼可以放棄呢？」

「爹地身體這樣，姊姊在紐約，我再走到那麼遠，出事情怎麼辦？」

「爹地的身體我知道，已經這樣十年了，不會有問題的，你放心去吧。」

女兒不說話，我越想越氣：「轉學也是你要的，申請也是你要的，好不容易被錄取了，現在突然不讀了。照顧爹地是我的責任，與你無關，你去讀你的書。」女兒啊，媽媽多想你離開這個愁雲病痛的家庭氣氛，出去享受你的青春歲月，但是我怎麼跟你說實話呢？

「我留下來是為了你，不是為了爹地。」

「我不用你管，你留下來，反而給我添更多麻煩。」我急得口出惡言，實在太希望她去奔赴自己的前程。

女兒轉身哭著出去，到半夜才回。

剩下的暑假，晴空萬里，而我們家卻是愁雲密布，雷電交加。

女兒終究回到她原來的學校，讀了比較文學。

先生在當年十二月二日過世。我想他一定很開心女兒一直伴在身旁，直到最後。

黎明已過

二〇一二年，我是存心回台灣看你的，黎明。

剛進大學，就風聞代表國家到美國訪問多次的你，是一輪朝陽，照亮陰雨的校園。

大二轉系，和你成了同班同學。你溫暖地招呼著我，我卻總是不自覺地退後一步。

記憶中有一格，是你在新聞館拉住我，說：「有個工作，我轉介給你。」那是筆天文數字的收入。你為什麼把這麼好的一份工作輕易地讓給了我？我沒有答案。更不記得，年輕的我，有沒有在事後向你說聲謝謝？

記憶中的另一格，是修失戀學分，孤單自閉的日子，你在我桌上留下一個日本紙摺洋娃娃，幾顆喉糖，和一張紙條：「希望娃娃的笑，喉糖的涼，帶給你一個開心些的下午。」失戀時那種被全世界遺忘的孤獨，和深怕被別人看笑話的恐懼，在淚眼模糊中受到了撫慰，卻並沒有把我心中和你的距離拉近。我寧可遠遠看著你的光芒，是怕太靠近了，炙熱的光會燙人嗎？

大四，收到你的邀請函，到了以後才知道，那是你的訂婚宴。當天班上只有四位同學被邀請。準新娘落落大方，我卻只是虛榮地開心著，我是班上四位被邀約的好友之一。

人生旅途雜亂飛快，被折疊成一張小小的郵票，四十年來，隨著寫錯的地址，東奔西跑，蓋滿了印記，卻不確定哪裡可安身。

二〇一二年，你在同學群組發文告訴大家，得了肺腺癌，但病情已經得到控制。看到消息，我想起舊時光，很想問一聲：「你好嗎？」就這樣和女兒飛回台灣。

到台北當天，你從養病的陽明山下來，約了同學們同聚一堂。我拘謹地看著你一如往常，談笑風生地招呼著一桌老同學和我女兒。

女兒問了她自己一生最好奇的問題：「阿姨，你們大學時候參加舞會真的會被警察抓嗎？媽媽不許我們跳舞，說參加舞會都是壞人。」同桌同學們笑翻了天，我才知道我是唯一因為怕被抓，而沒有參加過舞會的那一個。

原來許多我們堅守的信念，都並不是真的。

你病後，每週六都請師傅來教身體牽引，好友們紛紛上山去陪你練習，運動完，你和你的朋友們邀請我留下一起去吃滷肉飯，我堅決告辭。知道自己怕著我眼中光鮮耀眼的人群，怕被人看穿自己的單薄。

多年後常常在文章報紙看到當時在場的一些人名，我總懊惱，想著如果那天留下來，會不會多留下些和你的共同回憶呢？

回台只停留三個禮拜，你約我到山上一見。我居然不經心地說：「改天吧！」那聲改天，是我對你最不負責任的承諾！

接到斯亞從台灣來的電話，我心裡有數，拿起電話就說：「我不要聽，不要告訴我。」眼淚迸了出來。一個人蹲在洛杉磯廣闊的停車場，哀哀地哭著。

笑靨和頰邊的那滴淚，愛侶和未酬的壯志，你的一生，就這樣翻頁了嗎？

我還沒有機會問你一聲，如此優秀，傑出，亮眼的你，為什麼會選擇和平凡的我做朋友呢？

我還沒有機會告訴你，我每次的退後疏遠，只是自慚形穢，不知所措。

原來，幾十年來，我們並沒有一同長大，我一直只是仰望著你的那個害羞蒼白、以為跳舞會被警察抓的小女孩。

我常常在不眠的夜，想起年輕的你，一如當年地仰望著，等待著黎明。

圓和圓

小時候家裡窮，爸媽在台北路邊擺個麵攤，賣一碗兩塊錢的陽春麵。大概在我四、五歲的時候，有一天看到爸爸汗流浹背，我端了一杯加鹽的開水去給爸爸喝。旁邊吃麵的客人看到了，說：女兒好孝順。爸爸摸著我的頭說：「我這輩子就靠這個女兒了。」

這一句話，畫了一個大圈圈，把爸爸和我圈在一起了一輩子。圈圈中比較清晰的記憶，是初中到高中，爸爸都騎著摩托車親自接送我上學。

在那個男生女生初相逢，情竇初開的年紀，爸爸準時停在校門口的小摩托車，是否輾碎過幾場少男少女的夢呢？我有沒有跺腳吵鬧著，想要和同學一樣，搭公車回家呢？真的想不起來了。

記憶走到大學的時候，每天早上和爸爸牽著手從家裡走過小巷，去搭指南客運。一路上，爸爸說著他的過去，我說著我的未來。話聲綿延，也許在風中，也許在雨中，也許在心中。

有次在公車上碰到同學，笑我說沒有看過這麼大的人還和爸爸手牽手。二十歲剛成熟的我，嘴角抿著一抹驕傲，我和爸爸多親啊，什麼叫做同心圓，你們懂嗎？

來美國兩年後，我把爸爸媽媽接過來，三個人住在中國城的一間小公寓中。異國無力的生活，每次碰到不如意，我總躲在沙發床上蓋著被子偷偷飲泣。幾年後爸媽告訴我，當時他們在臥房中聽著我的哭聲，又幫不上忙，心如刀割。

在他人眼中來美國享清福的爸媽，看著優異能幹的女兒在異鄉一籌莫展，除了心疼，是不是還有著自己難以說出口的心事？異國的日子，在狹仄的臥房，聽著成年女兒的哭聲，他們是否也有著屬於他們的愁緒？懷念著從小長大驀然別離的故鄉，惦記著度過青年走向初老歲月的家鄉，又要適應著完全陌生不知明天如何的異鄉。不斷轉換圓心的旅程，是否讓他們感到暈眩懊惱呢？

和爸媽親密地走了一輩子，欣喜我們十指緊扣，步伐一致。爸爸在二

○○○年四月以八十六歲高齡去世，為我們的情緣畫下一個完美的句點。

二○○一年我第一次去大陸，因緣際會，巧遇家鄉的親人。從他們口中才知道原來爸爸告訴我的：他十九歲就當小學校長；在老家出入都有兩個侍衛跟著；假冒送行跳上郵輪逃來了台灣的這些天方夜譚——居然都是真的。原來在我耳邊飄過的那些嘮叨，是一位活生生年輕人的夢和冒險，原來我並沒有真正認識爸爸，原來我們的圓是有缺口的。

今天是父親節，如果你的父親坐在你身邊，請你看著他的眼睛，問一問他生命的故事，打開心去聽一聽，請在心裡記一記。

不要像我一樣，只能看著月圓月缺，猜想著那些被我漏聽了的，爸爸的故事。

咪咪姊的飯友團

「就這樣，最艱難的日子，就靠朋友們組的飯友團陪著我度過了。」

咪咪姊得了膀胱癌，二〇一八年十一月檢驗確定。當時媽媽在洛杉磯也正病重，我們只能在線上看著姊姊的憔悴。還沒有來得及安排回台探望，一場疫情為全世界撒下隔離網，斷絕了人與人之間的聯繫，圈住了母女姊妹之間的掛念。

二〇二二年九月媽媽去世，台灣防疫令一解除，我即刻返台。命令解了，疫情未解，人們的害怕擔心未解。我十一月七日到了台灣，請朋友開車帶我到姊姊住所的樓下，姊姊在四樓陽台，和我遙遙相望揮手，姊夫在她身邊用手機錄下我們的久別重逢。疫情和戰爭一樣，在它面前，沒有人可以跨越別離，我們只能戰戰兢兢。

終於等到了十一月十七日，隔離期滿，度過了安全期。一見面，我冒出的第一句話是：「你胖了？」

膀胱癌治療是從尿道灌注化療藥物進膀胱。第一個月是每週灌，第二個月起是每個月一次，前後十五次剛好一年。化療藥品鎖在膀胱內和癌細胞纏鬥期間，不可以排尿。一年後完成化療。而後每三個月回去住院複診檢查。

姊姊病了整整四年，但眼前的她，一點都不像一個生過病動了大手術、每三個月要回去複診的病人。「走出來，都靠着飯友團。」姊姊說出了她平復的祕方。

咪咪姊與我同父同母，卻在不同環境長大。她從小過繼給伯父。當時我們家窮困，四個兄弟姊妹和爸媽擠住一間房子，最奢侈的享受，就是吃完晚飯，四個孩子分吃一個橘子。而咪咪姊卻可以在伯父母家一人獨享一箱十二個蘋果。

在她小學六年級時，大人們協調讓她回到我們家裡住了一年，一年過完，她不習慣爸爸的嚴格管教，死活鬧著要回伯父母家，就此為她自己和我們整個家庭的關係定位。只是，我總是記著爸媽的叮囑：「你要永遠記得，她是你的親姊姊。」

伯父是將官，咪咪姊是將門之女，伯父母寵慣她，從小十指不沾陽春水。婚後到了婆家，睡晚起早，伺候婆婆和小姑小叔一家食衣住行，還要上班奔波，幾次累得送急診，卻毫無怨言。她告訴我：出嫁前，伯父叮嚀，嫁出去就是婆家的人了，要過婆家的生活。

就為了這句話，咪咪姊含淚吞下所有辛苦，從來不讓伯父母掛心，直到伯父母去世，都含笑安慰，覺得這個女兒嫁得妥當。

這一段人生經歷，讓她在得知罹患癌症時，第一時間把該交代的事情寫得清清楚楚，住院前交給兩對兒子媳婦，同時告訴他們：「你們都有家有孩子，你們的家最重要。照顧我是你們爸爸的事。我們相依相守一輩子，你們都不用掛心。」

說時快那時遲。得知噩耗時的震驚，開刀手術的痛楚，化療一年的折磨，術後復原的疼痛，姊姊努力地獨力撐了下來。咪咪姊告訴我：「生病不是我的錯，一點都不可恥，所以我會昭告周邊的家人和親朋好友們。現在醫學發達，癌症不是致命的病，但它是一個需要長期抗戰的慢性病，病人自己的認知和改變是最重要的。」

朋友們掛心，想到醫院來看望，咪咪姊誠懇地告訴他們：「不要來，醫院不是好地方，你們來了也只是淚眼相對，彼此難過，我還得費心招待你們。你們有心的話，以後請我吃飯吧。」

出院後，在化療引起強烈噁心反胃、痛不欲生的時候，咪咪姊突然接到朋友的電話：「我看到網路介紹一家飯店，是吃無菜單料理，我們去走一走。」

「東區開了一家火鍋店，好多小熊造型，好可愛，我傳照片給你，我們來約時間。」

「我在你家樓下，下來我們去 Hooters 吃漢堡，看他們跳呼拉圈比賽。」

「我吃素，這些魚和肉，都是為你叫的，你需要增加動物性蛋白質。」

朋友們一通一通電話，編織成一片支持的網，撐起了癌症病人的天空。姊姊總在病痛纏身、烏雲漫布的時刻，探出頭去仰望那一片藍天。就算全無胃口，看到朋友興高采烈地吃飯，姊姊也努力吃個一兩口，用朋友的溫暖，拌著飯菜，滋補身體的虛弱。

「就這樣，最艱難的日子，就靠朋友們的飯友團陪著我度過了。」

咪咪姊是個活躍的人，曾是「骨髓移植協會」理事長，「喜願協會」資深理事，在各個社團做很多服務工作，帶著喜願兒飛向世界各地圓夢，行程來去匆忙。這次因為生病的機緣，和朋友們吃飯，安靜聊天深入了解，可以談論生活瑣碎，也有機會詩畫天明，好多舊相識都成了新朋友。

日久不一定看見人心，但是在危難時，和三兩友朋深坐長談，卻能坦然敞開彼此心胸，真正有了可以攜手共同走向明天的夥伴。

姊姊的七十歲生日，一雙兒媳替她辦壽宴，參加的，就是飯友團的朋友們。

姊姊滿頭銀髮，穿著銀色晚禮服，在台上哽咽說出「謝謝你們」時，我看到姊姊眼中重生的喜悅，看到姊姊兒子媳婦對她的敬佩，看到姊夫深情的關注，還有飯友團朋友們抿不完的笑容。

絲巾秀

一向沉靜少參加活動的我，忽然對校友會中提到的「絲巾秀」產生了興趣。也許因為主辦人是蕙心——我「真正」的高中同班同學。我突然想知道一個活動是如何從空口無憑的概念，走到上台演出。總是懷疑，這之間，有點什麼神奇膠水，把這麼多四方雲集的人黏在一起，做完一個活動，膠水到期失效，大家又各自回到日常。

被拉去參加籌備會議，聽蕙心說她的概念。花蝶般的絲巾，伴著聽眾笑語晏晏，在她手中交錯飛舞。蕙心說：衣櫃中的絲巾，常年不見天日，其實是女子們最好的祕密武器——搭配衣服，給衣服不同樣貌。寒冷的天氣，可以擋寒；起風的日子，可以遮風；豔陽的日子，可以躲陽。「這一次，我們做一場讓配角變主角的服裝秀，而且就用我們衣櫃中隱藏的寶貝，不花一分錢。」

時光倒回了五十年前，蕙心是最能幹自信的中山女高班長，指揮著大家排隊往前進；而我，因為個子高而被放在角落的蒼白女孩，總希望把自己縮得很小，小到沒人看到就好了。

籌備會結束，大夥熱鬧哄哄地散去。我看到蕙心一個人蹲著收拾著攤了一桌一地的絲巾，姿態挺直又單薄，像街角那盞照了一夜的孤燈。那個背影中還有背影，讓我沒有跟隨人潮散去，我走了回去，陪著她蹲下來拾起一條又一條歇息的花蝶，把她們送回家。

原來活動是這樣辦起來的，就是有人走第一步，再走一步，再有些人加進來，這樣，一個節目就慢慢出來了。

我成了絲巾秀的編劇兼製作人。一個才七分鐘的節目，竟有如此多細節要顧慮。參加的校友一星期聚一兩次，音樂出來了，劇本出來了，台步出來了，蕙心是我們的神奇膠水，慢慢看到節目成形了。

而蕙心，整個年會的策劃負責兼主持人，竟然沒有出席這場年會。二〇一九年三月二十四日，年會前三天，她突然返台，說是檢查身體。知道她堅強的個性，我心知不妙。

她和所有人斷絕了聯繫。

四月十日在微信上，她留給我一句：「很折磨人。」自此音訊全無。再來，就是她七月二日離開人世的消息。

這麼繽紛好強、精采明快的一個人，被莫名的疾病打垮了。洛杉磯七個社團為她合辦了一個追悼會，大家上台說著對她的懷念，她的忙碌，她的生活，她的成就。而我想起的，卻總是那個蹲在地上默默收拾殘局的背影。

那個蹲在地上，整理著絲絲人間華麗柔順的靈魂；人生一場，竟然只是一場絲巾秀。絲巾很輕，像蕙心年輕的生命，無聲無息滑落在人間塵土。我一如當年，轉身回去，蹲在旁邊，用鍵盤記取最後一縷輕柔如絲巾般的芳魂，讓讀者如您，和我一起為人間撿拾起一個名字——葉蕙心。

輯七

人自醉

我真的沒有醉

研究指出，亞洲有超過百分之四十的人缺少乙醛去氫酶。酒精的主要成分是乙醇，喝酒後，乙醇轉化成有毒的乙醛。乙醛會刺激血管，讓血管擴張。說時遲臉紅快，反正喝一點酒就臉紅，通常就是因為人體缺少了乙醛去氫酶。

出國前，我滴酒不沾，來美國後，生活辛苦，美國的酒不便宜，沒有喝酒的環境，再說我對酒的苦味並不喜歡，什麼什麼酶跟我也沒切身關係。

女兒們漸漸長大，我的社交應酬也越來越多，一生最不能抗拒的兩個字就是「免費」，「乙醛去氫酶缺乏」和「免費供酒」，為我人生寫下了很多哭笑不得的場景。

「加州貸款業協會」，是一個由白人投資者組成的協會，有幸應邀參加他們大會。會後，主辦方提供雞尾酒和小餐點，我是會中唯一的亞裔女子，大會籌辦人及主席特別過來打招呼。我優雅地輕輕抿了兩口手中的紅酒，感覺到全身突然紅了起來，連忙想要向對方解釋：「我只抿了兩三口」。一急，脫口而出的是：「我只喝兩三瓶。」來打招呼的主席和籌辦人尷尬地笑了笑，轉身走了。

我難堪地回頭，看到剛剛抽獎把我最喜歡的三十吋大熊貓抽走的那位男士，正抱著大熊貓走在會場中間，我心裡想你一會坐飛機，總不能抱個大熊貓，送我吧！想著就忘了臉紅，立刻付諸行動，一個箭步衝過去，告訴對方：「這個送給我吧。」明明想要輕柔地表達意見，但是出口成了簡潔的兩個字：「給我。」對方一邊說ＯＫ、ＯＫ，放棄熊貓，一邊搖著雙手連連退後。

總而言之，大會沒有再請我回去過。而我，真的只喝了兩三口。

女兒錄取芝加哥大學碩士班，校方提供兩張機票讓被錄取者參觀學校。我們母女檔出席，到了現場，才知大部分人都是由友伴和配偶陪伴，只有三對是父母出席。三位出席的父母中，其他兩位看看情勢不對，漸漸消失。

我告訴女兒，我要偷偷溜了。在會堂後面，放了一大堆飲料，其中一種叫做 Hard Cidar，長得就像蘋果西打。我開了一瓶，坐在後面一邊喝，一邊要叫Uber，突然覺得不對，不但全身發紅，而且呼吸急促，動不了了。

剛好散會，學生陸續往外走，我一個人面紅耳赤地僵在飲料桌旁的座位上，手足無措地接受大家好奇的眼光。女兒向我走過來，我怕女兒丟臉，告訴她「繼續往外走，當作不認識我。」女兒無奈地說：「媽媽，這裡只有你一個華裔臉媽媽，只有我一個華裔臉學生，怎麼裝？」不知道這件事和女兒最後決定放棄芝加哥大學碩士班有沒有直接關係。

天地良心，就只喝了半罐免費、酒精含量百分之四．五的蘋果西打！

當然也有過被冤枉的經驗。有次等大女兒的班機，飛機一再延誤，我百般無聊，跑到一個二十四小時營業的韓國餐廳吃烤肉。沒有免費的酒，但是有免費韓國泡菜，我把烤肉包起來準備帶給女兒下飛機解饞，韓國泡菜吃了個夠。晚上九點的飛機，等到半夜三點才到。昏沉沉地往機場走，大概開車開得搖搖晃晃，被警察攔下來，問我是否喝酒？我又累又急，告訴警察先生：女兒班機延遲七個小時，我坐在餐廳，吃了很多韓國泡菜，但沒有喝一口酒（泡菜免費，酒要付錢呀）。為了證明清白，還張大嘴用力往警察先生臉上呼了一下。

警察先生不知道是被泡菜臭到，還是體諒我做媽媽的可憐，退後一步，說了聲：「你剛剛開在三條線中間，非常危險，要小心開車。」就走了。看，我就說我沒醉吧。

這星期和女兒去逛農夫市場。因為是週末，餐廳提供「水果香檳喝到飽」，一個人二十二美元。女兒點了一份，我不喝酒當然不要。一邊吃飯，聽到女兒點了葡萄柚香檳，忍不住好奇，拿來喝了兩口，苦苦的。女兒點第三杯的時候，侍者禮貌地說：「香檳喝到飽不可以分飲，你們需要付兩人份的錢。」

我氣急敗壞地告訴他：「我只是喝了兩小口，真的只是嘗嘗味道的兩小口。」侍者看了我一眼，眼光看著我的手，老天，手什麼時候變這麼紅我也不知道。付就付吧，不過二十二塊錢，誰怕誰。

可是，我真的沒有醉。

家鄉的外國人

在異鄉的小餐館，我努力熟悉了四十年，可她還是寂寞國境。

這星期特別忙，行程排得滿滿的。除了固定的上下班公務，星期一在豪記飯店參加亞凱迪亞（Arcadia）獅子會入會儀式；星期二世華工商婦女協會例會；星期三開車半個鐘頭，去看了此間有名的中醫；我這個五十肩加風濕痛，還是要靠針灸推拿這些老祖宗的方法來根治啊。星期四劇團舉辦記者招待會，近百人擠在「醉。長安」餐廳，吃吃笑笑，討論著如何培養下一代的演藝人員，如何推出今年的演出曲目。

住在加州的華人都知道，洛杉磯的 Rowland Heights（羅蘭崗）是華人的天堂，應有盡有，說華語，吃中餐，交華人朋友，就像在家鄉過活。

這幾年因為疫情的關係，居然替我另開了一片天地，可以透過網路和台灣的老師在線上學水彩、新詩、散文。日子過得清爽寫意，華人的文化和血脈，不斷滋養我的日常。

星期六早上，我對女兒說，去街角吃個早餐吧，這一家小餐廳，沒什麼生意，我們去照顧照顧。推開門的一剎那，我怔了一下，來慣了的、安靜的小餐廳，居然高朋滿座。而坐下來一看，在座的全部都是金髮碧眼的外國人。

在一星期滿滿的行程表外，想要輕鬆一下，踏進了街口小店，卻像時光機，把我推到了異國。

我點了喜歡的鬆餅，就跟台灣的鬆餅一模一樣。但是我心頭仍劇烈地跳著。在這個區域住了幾十年，從來沒有被這麼多外國人環繞過。

昨天的宮保雞丁，前天的五更腸旺，突然變得那麼遙遠，遠得連坐飛機都到不了。

我明明住在華人聚集的區域，我明明自行過著華人的日子，怎麼在這異國他鄉，周圍有這麼多外國人？桌上的鬆餅口味突然奇特起來。好像又跟當年台灣吃的鬆餅味道不一樣了。

一邊和女兒聊著家常，一邊敏感到周圍的人都在講英文，這是哪裡呀？

怎麼那麼多外國人？

恍然間，我突然了解到，這不是我的國，不是我的家，進出了四十年的小餐館不是我的餐館。

原來我才是外國人。

我是住在洛杉磯的台灣人。

對我的沉重感到不耐的女兒，插口：「你為什麼這麼驚訝？這裡是美國呀，本來到處都是美國人啊。Starbucks，Albertsons 到處都是這樣，你為什麼這麼訝異？」

我看著黑髮黑眼、坐在我對面和我說著華語的女兒，原來她也是外國人。

又或許，擁擠的餐廳中，只有我一個是外國人。

音痴歲月長

人生自是有音痴，此事不關風和月。

世界上有百分之四的人是音痴，學名叫做「旋律辨識障礙症」。不是什麼病，不嚴重。嚴重的是，我是完全沒有病識感、偏偏超愛唱歌的音痴。

小時候上音樂課，老師們都很有愛心，讓我從容過關。初中參加教會唱詩班，指揮老師微皺著眉頭，指揮棒指著我們這一邊說：「有人的聲音不大對，應該是這一帶。」我張大眼睛左瞧右看，是誰？是誰？終究被以非常高明的手法，請出了唱詩班。

大一談起戀愛，那時候流行瓊瑤電影，總在校園青草地上，詩情畫意地唱〈一簾幽夢〉、〈失意〉給男友聽。那段戀情只走了短短的三個月，不知道和我的音感有沒有關係。如今回頭想，愛情中真的沒有是非善惡呀。

失戀以後情緒低落，好友們陪我走在下雨的校園，我也總是以歌聲報答他們的陪伴。直到好友慧芬慢條斯理地說：「小君，為什麼你的〈抉擇〉和蔡琴的〈抉擇〉不一樣？」有哪裡不一樣？我明明是學著蔡琴一句一句唱出來的呀。

旋律辨識障礙症和「我要為你歌唱症」，手牽手伴著歲月往前跑。年紀大了，為了在歌藝上更上層樓，拜洛杉磯名師學藝。每週辛苦奔波，按著老師的教導，跟著螢幕上的歌手們一個字一個字的學音準。上了幾期，信心大增。再開課，有好些新同學進來。我努力唱完後，大家面面相覷，老師說：「你們沒有聽過她以前唱的，這已經進步很多，是非常好的表現了。」老師臉上的為難，讓我這一輩子第一次對自己的歌藝產生了懷疑，嗯，收山不唱了吧。

聲音漸漸平淡，有次好友拉我去唱卡拉ＯＫ，我知道自己歌聲有些不對勁，一再拒絕接麥克風。好友不知厲害，硬是點了一首〈童年〉，拉著我和上屆卡拉ＯＫ冠軍，三人一起合唱。要到這一次，我才知道自己功力如此高強，因為不到第三句，兩位冠軍就被我拉著走音唱不下去了。

雖然我到現在還是不明白什麼叫做走音，卻碰過一些很熱心的人士，想要替我正音。校友理事會聚餐，吃飽喝足後，大家亂唱黃梅調，黃梅調我內行，我唱歌來比人強。笑笑鬧鬧，唱得正開心，學妹小童童是此間洛聲合唱團唱將，特地熱心地來指教我，啦啦啦，硬是要我跟著她啦。我明明覺得自己字正腔圓，她硬是每一句要手把手地教我唱到對。最後我翻臉，說「我的黃梅調和你的黃梅調就是不一樣啦。我就是要這樣唱啦。」

音痴也有鹹魚翻身的一剎那。有一次資助了一個舞蹈活動。練完舞留下二十分鐘，請專業歌星伊凰來教大家唱歌。老師教一句，每個人輪流照唱，老師點評。輪到我唱完後，伊凰老師哦了一聲，點點頭，說了聲「好」，就去教下一位朋友。那一瞬間，我真的覺得自己辛苦有成，勤學歌勤唱歌，連專業歌星都挑不出毛病來了。

想著開心，跟著大家合唱得更大聲了，突然坐在身旁的H說：「我要換位子啦，坐在邱瀟君旁邊音一直被拉走，根本沒辦法唱。」什麼？蝦米？原來那一聲喔不是沒錯可挑，而是每音皆錯，無法置評？原來我不是五音不全，我是有八音，而且八音變幻無窮，無人可以掌握。我有些明白了。

音痴歲月仍在優雅地繼續，最慘烈的一次事件發生了。九十八歲的媽媽近來身體不好，常常嘔吐哀嚎，我和小女兒的起坐行住，總是有著一個陰影。

下午正在每週一次的線上「華語流行歌唱班」，努力跟著老師練唇顫音發聲。Zoom 鏡頭中彷彿看到背後小女兒從樓上衝了下來，我也沒放在心上。

過了幾分鐘，小女兒跑到我身旁笑了：「嚇死我了，我聽到聲音，以為外婆又吐了在叫救命，衝到她房間去看，外婆在睡覺。原來是你在上課。」

女兒，Zoom 上正在教我唱歌的老師，是北京第一流行歌唱家，知道嗎？你懂嗎？

哼著歌的下午

王心凌的一首〈愛你〉，趁著《乘風破浪的姐姐》電視節目，在世間掀起了翻天浪潮。痴迷追星的不是年輕少男少女，而是一些事業有成的中年大叔，他們用集資買股的方法，造成了「王心凌概念股」的股票大漲奇景。

一連串的串流短影片在社群媒體流傳，大家按步驟一起下訂單買股票，表達對教主的忠誠。看那些大叔們在電視前跟著三十九歲的教主踩著舞步，和著甜心的歌聲扭動。而拍攝影片的，居然是他們的太太。想來這些太太們，從枕邊人的痴迷中，得到了某些開心的回憶。又或者，他們看到了枕邊人再年輕一次的容貌，自己也跟著年輕了。

有研究指出現在年輕人聽音樂，只顧節奏，不再在意旋律，難怪滿街都是饒舌歌。這些年輕人對於〈愛你〉暴紅的情況，應該是滿頭霧水，不瞭解這些歌，這些節奏緩慢旋律漫長的歌，有什麼好聽呢？

在這令人不解的熱潮中，有一位滿頭泡沫、從浴室衝出來聽歌的父親回答兒子說：「我是在找回我的青春！」啊，這是答案。是老歌讓時間再倒流了一次。

原來歌聲可以把青春包裝起來，深埋在人心的最深處，伺機而動。金錢買不回青春，卻可以買回包裝青春的優美歌聲，當歌聲輕輕伸展開來，就可以拿出來摸一摸、看一看、跳一跳。啊，原來我也青春過，或者，有那麼一瞬間相信，我仍然這麼清純青春。

時間過去了，時代翻頁，但是那些被時間篩撿過的美好樂曲，總是會讓時間再倒流一次，帶著我們回到過去。

今年輕人不解的三十九歲的教主音樂，覺得過時了。而對我這個年紀來說，那些音樂可只是「年輕人」的歌，旋律還不成熟呢。

音樂和藝術，除了流行之外，還書寫和印證了整個時代。貝多芬花了二十年時間寫成的〈快樂頌〉，在今天已經是音樂表現的經典，但是樂曲剛出來的時候，也被當代的音樂家們批評為已經「過時」。時光的流逝，也只是時間長河中的無可奈何罷了。

有著這樣的感觸，我為了尋找自己的歌聲，和女兒到咖啡廳來，坐在暖暖的春陽中。她戴著耳機做她的功課，我坐她對面，看著剛出版的書《我們的歌》享受這一段溫馨美好。

作者宇文正細細地敘述了五十年代的流行歌曲，每看到一篇，都是那麼熟悉的感覺。我決定不要去找自己的歌，我覺得這一刻就是描述「我的歌聲」的時候。

翻看著每一篇小文，到 YouTube 上面找原唱，跟著唱一場、和一場。講到〈長白山上〉：「長白山上的好兒郎，吃苦耐勞不怕風霜，伐木採參墾大荒呀麼，老山林內打獵忙呀麼哼唉嘿喲……」眼前那些記憶深刻的演員們：李芷麟（小辣椒），常楓。永遠不會老的，演員在每一位觀眾心中，留下青春的身影。當時十五歲的我，正在準備高中聯考，是沒有福氣跟著看連續劇的，頂多在爸媽看電視時，找理由走過窗下，偷瞄幾眼。時光走過，以為什麼都沒有留下，但是那時每天八點鐘準時響起的哼唉嘿喲，居然藏在記憶深處，一碰觸到，就這樣牽牽扯扯拉出了一大掛舊日時光。

翻到〈梁山伯祝英台〉這一篇，這可是我的拿手，我唱歌不好聽，但是梁山伯祝英台從頭到尾的歌詞，我絕對背得出來。只可惜英雄無用武之地，每次出去合唱，我都被隔鄰禁唱，因為會拉著大家走音。所以我深藏不露的黃梅調武功，只有我家浴室的牆壁知道。為什麼會對黃梅調那麼喜歡呢？也許只是幾世之前，聽過這種語言吧。梁祝流行的時候，我才七歲。那幫當年在「梁祝瘋狂」世代，一次又一次在電影院哭濕了眼睛的人們，如今在哪裡呢？是否也和我一樣，偶而會對著牆壁唱一句「梁兄啊」。

來到〈奈何〉這一首，輕輕地唱著，突然有流淚的感覺，「有緣相遇，何必常相欺，到無緣時分離，又何必長相憶。」曾經被騙過嗎？有緣相聚，又何必常相欺。好像一把很利很利的刀子，不著力間在心頭某個地方輕輕劃過一線，被驚嚇的疼痛，超過身上真正的疼痛。

年輕時幾段不成熟的情緣，年紀太小，不知道如何處理，總是戛然而止，心頭的傷一層又一層地結疤，以為早就不痛了，「相欺，相憶」這麼淡淡的四個字，居然翻開了傷疤，原來下面還有些血絲呀。說是當時年幼，我忍不住想，時光重來，今天的我可以處理得更漂亮嗎？應該還是一樣的結局吧。

「問此情何時已」，這麼久沒有想起，我忍不住看著天上的白雲，對遙遠過去的那些朋友和當年那個無措的自己，問候一聲：你好嗎？

我決定跟著歌聲輕輕飄過這個下午。

或許有一天，當我睡在輪椅上打瞌睡時，我會想起這個夏天，貼心的女兒坐在我旁邊伴著我，我想著上課的老師，熱心「用筆唱歌」給我聽的作者，還有和歌聲一起吟出來的那些未盡……。

戶外樂團

從落地窗看出去的樹景陷入一片乾枯，洛杉磯幾日的高溫，連狗兒的逐影吠聲都沉寂下來了。熱氣把人們滯留在冷氣房裡，實在太悶了，我的心嚮往去外面走走，想去看看暑熱的浮影後面，有些什麼流動。

我拉著女兒出去遊街，開車閒逛。經過了幾個街景，忽然聽到音樂聲，循聲找去，原來是戶外樂團正在表演，我忘情地驚呼：「好有意思，媽媽最喜歡這種自在表演了。」興奮地要女兒停下車。

女兒用極端容忍的口氣回我說：「我知道你最喜歡。」

「難道你不喜歡嗎？」我忍不住問女兒。

女兒很有個性說：「我喜歡不喜歡是以表演者的程度做標準，可不是胡亂就喜歡的。」我笑著說寶貝，你有你的高標準要求，我有我的隨遇而安，我們各自玩耍吧。於是女兒放我下車，我們母女在陌生的人潮街道中分手，各自往自己喜歡的領域前進。她晚點再來接我。

我帶著小女孩看見新奇事物的興奮，坐在遮陽棚下臨時擺起的椅子上，聽著不知是哪一個時代的英文歌曲。聽著聽著，忍不住細細打量起眼前這四位表演者。他們都是白人男士，主唱兼鍵盤手，鼓手以及兩位吉他手，他們頭髮已然花白，汗水和笑意一起流淌在如溝渠的皺紋間，我的歡欣中，不知為何湧起一股心酸來。

這是小區辦的啤酒節，人手一杯啤酒，手握冰涼，不只驅走眼下酷熱，彷彿也握住了疫情微釋中難得的輕鬆與短暫歡樂。觀者被音樂激起了高昂的情緒，掌聲不斷，台上台下融成一片河流般的暢快，我忍不住跟著哼唱，嘴角揚起夏日美酒的醇香。哼唱間，我突然想起我的海洋，我的台灣，我的故鄉。我往記憶探去，冥思著在我離開前，好像從來沒有在路邊看過這種戶外表演的娛樂情境。那時台灣經濟正起飛，困苦久了的大人們，找到新鮮的謀生項目：織毛衣，串聖誕燈泡，「客廳即工廠」——每一個工廠都是一個久違的夢想。外銷是個神祕的寶藏，再怎麼努力挖掘都擔心來不及。苦悶上進的青年則埋首讀書，偶爾唱盤中的美國音樂，黑白小電視中的外國影集，拿在手中的翻譯書，是學子們抬頭挺胸迎向光明的燦爛，這些都是要靠自己低頭努力去爭取的。

記憶中的音樂演奏，是屬於那種苦學成功、表演整齊、一票難求且所費不貲，在音樂廳的正式演奏。在我窮困的童年裡，進入音樂廳，不但是不敢想的奢望，就是想也不知道如何想起，因為看表演不屬於真正的現實。幼時知道的演奏，就只有來自媽媽口中的述說：「雪兒沒有媽媽，爸爸的眼睛瞎了。每天晚上，爸爸吹著笛子，她牽著爸爸的手到處找表演的地方，希望可以有機會唱幾首歌，換一點錢。」遙遠的童年，好像有過綿綿的笛聲，是真的，還是只是貧困環境中的媽媽，為我們編出來的床邊故事呢？

兩個女兒都在美國長大，她們曾從寄住的紐約，坐火車到賓州費城去聽心儀的演唱家 Elton John 表演，回來還非常自豪地告訴我：「媽媽，你會以我們為傲。這一趟火車票、旅館錢加上音樂會票錢，我們還去費城一日遊，所花的錢比我們在紐約買票觀賞還要便宜，我們多會省錢，計算CP值啊。」當時我聽了只覺得好玩，對女兒的心思感到可愛而疼惜。而現下在街頭聽音樂這一刻，我沉浸在戶外樂聲之中，突然想到，我從未曾在我的故鄉好好坐下來聽一場演奏呢。

忽然我心生一份感激，在炎炎夏日下，這四位表演者努力饋贈我的耳朵，讓美妙音樂流進耳蝸裡，滋養著我對故鄉的思念。我忍不住想著不知道他們的生計又是如何呢？裝小費的箱子只有一張紙鈔和幾個硬幣，他們又會跟孩子說怎麼樣的床邊故事呢？

華氏九十八度的高溫，躲在遮陽棚下，我吹著熱風，忽然臉上一陣冰涼，不知何時我靜靜地流下了眼淚。我不知道自己這淚為何而流。是為童年床邊故事裡的雪兒和她瞎眼爸爸的笛聲？是為眼前年邁的演奏者？還是為當年那個沒有聽過任何一場演唱會的小女孩？

彷彿看到綁著兩條辮子的七歲小女孩，興奮地告訴爸爸，老師認為我有天分，可以學鋼琴。爸爸笑著說：「這都是騙人的，老師是要賺你的錢，我們才不受騙。」

坐在大太陽下，我抱著雙臂，輕撫著手臂的肌膚，像是撫著那個小女孩薄弱的肩膀。感覺背脊涼涼的。我努力試著想起爸爸當時的笑容有沒有許多苦澀，難道那時候他就已經知道，他這個女兒是世間少見、只有百分之四機率的音痴？或者只是不忍告訴嬌笑天真的女兒，我們連下一頓飯錢都還沒著落呀！

我想起大女兒小時候活潑搗蛋，我有著天下父母同樣的痴心，認為養了一個天才，只要她想學什麼就全力培養。女兒同時學四種樂器：古箏、二胡、鋼琴、小提琴，我每天開車帶她奔波上課，置身在掌聲和羨慕聲編織的道路上，心中滿是夢想，女兒美好的音符未來，哪裡是美鈔可以計較得出來的？

大女兒十歲那年，在社區圖書館前表演古箏，表演結束，在觀眾們大力的鼓掌聲中，我拉過歡笑著的女兒，嚴肅地告訴她：「十歲以前可以鬧著玩，十歲以後你要學什麼就要正經學了。因為觀眾們不會再用看小孩子可愛的心態來評量演奏者。要不要繼續努力學下去，你要自己做決定喔。」女兒大眼睛轉了轉，毫不遲疑地告訴我：「那我就不學了，不好玩。」我的天才媽媽夢和美鈔都被「不好玩」丟到垃圾桶，做媽媽的只有笑笑搖搖頭。

我的無奈和爸爸當年的無奈，中間隔著的，是四十年的歲月差異，是落日和朝陽流過的街景，是曾經烽火陳舊的故事，是月圓和月缺之間的尋常人家，也是文化編成一圈又一圈愛不盡的項圈。

記憶跳到大學時候，我溜課頂著和現在一樣驕熱的陽光，在西門鬧區排隊買票。隊伍中都是頭髮花白的長者，只有我一個年輕人擠在其中四下顧盼。那是老牌歌星白光遠道來台的一場表演。我知道白光是爸媽年輕時著迷過的星星，我一定要買到票，讓爸媽圓這個追星夢。歌廳櫥窗照片中微胖初老的女人，實在看不出「一代妖姬」的迷人身影。但是印象裡演唱會過後好一段日子，爸媽總是笑著，談著，評論著。偶爾，媽媽帶著鄉音哼句：「花落水流，春去無蹤……」，一代妖姬的演唱會在他們心中，從來沒有結束。

坐在異國燥熱的天氣下，我彷彿懂了爸媽當年的興奮。他們青春時以為只是到鄰鄉走一趟，避避土匪，過幾天就可以回家了，連個再見都沒說，就倉促離開了家鄉，此生再也沒有見過家門兩邊看慣了的對聯。他們當時的年紀比小女兒現在還小上幾歲呢，是怎麼樣的驚恐徬徨，讓他們在無依陌生的台灣扎根，掙扎著帶大四個孩子。才剛安穩，把他鄉活成了故鄉，初老的他們，又在鄉親鄰里的羨慕聲中，依循著兒女的腳蹤，到了美國這個言語不通的異鄉。爸爸媽媽生命中唯一看過的一場音樂會，也許就是我排了一個下午隊替他們買到票的白光演唱吧。他們晚年的夢中，是否還看到老家門框上的字跡：積善人家？是否還有白光低啞的歌聲：青春一去永不重逢？

突然有人輕拍了我一下，女兒轉來尋我，將我的記憶之河截斷。原來我的記憶隨著歌聲漂到島嶼，漂到我的童年，那個永遠的父土母水，定錨著我漂泊的心。那個對小女孩說雪兒故事的媽媽已經九十七歲了，而我也已是一個老母親了。只有女兒的清純笑靨如豔陽般溫暖著我。真好，她回來尋我了，而我也尋到了往事的似水年華。我確定今晚的夢裡將潮濕著島嶼的海，湧動著故鄉的情。

我微笑看著女兒，女兒的目光依然有著對我這個老媽竟然如此喜歡這個戶外樂團的不解。我站起來走到表演台，輕輕在小費箱裡放進一張紙鈔，對演奏者點點頭微笑致意，轉身和女兒走開。

我想也許這個樂團的演奏者，今晚桌上的話題，會是那個奇怪的，莫名其妙聽著歌聲，卻把自己給哭紅了眼的東方女子。他們不會明白，當年青衫薄衣，哼著「浮雲一樣的遊子」，行囊充滿了鄉愁」，推開松山機場那一扇玻璃門時，我已是步出家國門外，四十年風霜雨雪，獨唱獨吟，獨自一再調弦的，一個人的走音樂團。

輯八——三代

如果時間可以重來

如果有時光倒轉機，回到生命中的任何一個時間點，讓一切重來，你會選哪個時間點？

我想回到那個早晨……

小女兒比姊姊小六歲，先天上年齡的差異，加上大女兒從小智商過人，一路跳讀，後來，從高一跳讀大學，我只好花足了精神陪著十四歲的女孩應對大學生活。

七歲的小女兒，變成了「老二照豬養」的典型，和她爸爸每天看電視玩耍，過著開心的童年。

我從台灣帶來的感知，認為私立小學一定比公立學校優秀。所以讓女兒讀教會附設的私立小學，覺得會在品格上對孩子有好的薰陶。至於成績，我只有著帶她姊姊的經驗，以為美國學校老師寬鬆，大家一律都得A^+，不用掛心。從來不知道會有不同。

到大女兒去東部讀書，我有機會喘口氣整理小女兒的功課，才知道可愛的小寶寶碰到大難題！

學校要每人挑一個國家寫報告，她想著寫全世界最小的國家一定最簡單，就選了只有三十二個國民的摩洛希亞（Molossia）。但當時沒有手機和電腦，到處找不到相關的資料，只好交白卷。

不想寫功課，就說功課找不到。五年級了，九九乘法表還沒有開始背。

發現小女兒在功課上的困境時，她已經要升初中了。一位偶然認識的朋友告訴我，鄰城有所私立初中非常好，他們家三個孩子準備要去讀，我立刻強迫小女兒去報名。簡介中有學校樂隊照片，介紹學期中間可以去歐洲旅行，小女兒看得心動，同意選了這個學校。

開學沒有多久，小女兒開始哭著不肯上學，說學校同學欺負她。

來了美國這麼久，我仍然是中華心，強烈的尊師重道觀念，學校做的一定是對的。另一個觀念就是如果大家都不喜歡你，一定是你自己做錯了，要自己改進。

那個早晨，開車送女兒去學校，女兒坐在車上哭著不肯下車，說同學都欺負她。全班拿著她的鞋子丟來丟去，不讓她穿。我彷彿看到當年在學校被欺負的小女孩，但那是發生在六十年前，學生超過萬人的台灣公立小學。這是在講究民主平等的美國高級私立學校，是不同的。我心中柔柔地陪著女兒掉眼淚，表面上卻冷漠地告訴她：「下車去上學，面對自己的問題。」

看著女兒哭哭泣泣下車進了教室，我去了校長室，告訴校長女兒說的情況，問校長一切可好？校長說保證老師們都有在替我觀察，沒有任何事情，也許女兒只是偷懶不想上學。

我放心了。

女兒也不再向我求救哭訴。

過了一段時間，女兒全校唯一的朋友來家裡借宿。女兒告訴我，這個濃妝豔抹的小女孩，爸爸被關在監獄，媽媽不知去向，外祖母冤枉她吸毒還打她，所以她自殺未遂，被趕了出來。

我嚇得魂飛魄散，不是最注重品德教育的好學校嗎？不是已經替我篩選了所有的學生嗎？怎麼會有這種情況發生？

我斷絕女兒和這個孩子的友誼，不許她們再交往。一次學校大聚會，我坐在女兒旁邊，看到女兒隔著遠遠的距離，和那女孩彼此對望。我彷彿看見兩人眼中流過濃濃的不捨和關懷。兩個同樣的學校邊緣人，彼此取暖，那是女兒唯一的朋友，唯一對她好的人，而我不許她們交往。

真正覺得不對勁，是學校要女兒去拍宣傳照，照片中女兒吹著法國號，和其他幾個不同國籍的孩子表演。這張照片變成學校的宣傳單張，而女兒是不會吹法國號的。

我漸漸了解，這是個從幼稚園到高中的私立學校，嬌生慣養、得天獨厚的孩子們從幼稚園一路做同學，到了初中，大家都已經有了非常深的情誼。女兒這個不懂察顏觀色的外來學生，在這群黃髮藍眼的少女中，是天生的異類，根本無法融入的。

後來學校出了各種問題，校長被撤換，學生也漸漸離去。要到女兒進高中，我才發現到，美國公私立學校和我的認知是如此地不同。

美國的公立學校教育資金主要來自聯邦政府的撥款，附加一部分地方政府的資助。公立系統的老師都必須是大學教育系畢業，並通過相關師資考試，所有站上講台的老師必須持有教師資格證，並且每年要接受州政府的考核。

而私立學校是自主盈虧，資金主要就是靠學費及校友們的捐款。代代相傳，造成一些非常優秀特殊的私立學校，學費昂貴，老師是各行各業的頂尖人士，只要進去了，等於拿到進常春藤大學的門票。而一般的私立學校，老師是由董事會聘請，並不要求教育背景或任何證照，因為相對薪水比較低，而且沒有受到任何監管，師資反而沒有公立學校優秀。

我左轉右轉，把女兒轉到一所有問題的學校，讓她面對了巨大的霸凌和老師的忽視。

而女兒對我發出一聲聲的求救，告訴我在學校被霸凌的情況，我卻置之不理。一個十一歲的孩子，碰到這麼大的困境，向她唯一的依靠求救，媽媽卻選擇相信心中的定見和制度，沒有相信她，沒有幫她一把，自以為是為她好、把她趕下了車，提早把她單獨送進了人性的叢林！

好在女兒進入公立高中後，一切逐漸穩定，在人生路途中，走出了她自己的道路。

我多次跟她說對不起，對不起當時沒有拉她一把。

女兒總是說：媽媽，都過去了。

在我心中，沒有過去。女兒的兩年流金歲月，因為相信順從媽媽，被我放在一個不好的環境中。而在那個早晨，我告訴她：「下車去上學，面對自己的問題。」

我希望再回到那個早晨，一切可以重來。

照亮計畫

小學校長阿里莎來家中拜訪我和女兒。謝謝我們在她最困難黑暗的校長生涯中，照進了一些光芒。

小女兒高二那年，加州縮減教育經費，裁退了許多老師，是加州教育非常黑暗的一個時刻。女兒學校有六位老師被辭退。失去最喜歡的老師，大家哭成一團，拿著旗子在校門口抗議。我看著刺眼，告訴女兒：「政府沒有錢，你們抗議有什麼用？真的要幫忙，你們應該從自己做起。」

女兒哭紅了眼睛，問我：「怎麼做？」

「譬如，取消開學舞會，把場地費、大家的服裝費捐出來，就可以留住一位老師了呀。」

女兒覺得這是一個不錯的主意，跑去和同學們商量，卻被同學一致否決：這麼重要的活動，怎麼可以取消！

一計不成，同學們慢慢打了退堂鼓，都去準備舞會了。只剩女兒還每天謾罵著教育制度。我聽著心煩，拋出了一句：「不要只問國家為你做了什麼，問問看你自己可以做什麼。」說著說著，我們想到辭退了這麼多老師，高中教育品質受損，小學生也一樣辛苦。

女兒決定召集學校同學，課後去輔導附近的小學生，她開始和各個小學聯繫。終於和 Summit Ridge 小學校長阿里莎聯絡上，校長願意支持這個「照亮計畫」（Illuminates project），每天放學後，把學校大廳隔出來，讓各班級需要輔導的學生留下來。女兒和同學們則在高中下課後，由我開車送他們到小學去教課，教完後我再把大家送回高中，等他們的家長來接。

活動的第一步是對小學家長做說明會。十五歲的小女孩，獨自站在台上，回答七十個大人的問題。我坐在最後一排，看到她微抖的拳頭握緊放鬆放鬆握緊。

「這個活動收費嗎？」這是家長們一致的問題。

「不收費，是義務幫忙。」

「為什麼？你們為什麼要免費做這件事？到底有什麼目的呢？」女兒的熱心，讓她提早進入大人社會，明白全然的善行，仍然會被尖銳地質疑。

終於要開班了，我陪著女兒沙盤演練。

華人父母在美國真的很可憐。孩子們小學一年級英文就已經強過我們，到三、四年級普通知識贏過我們後，再加上電腦的流行，我們的武功越來越不如人，江湖地位自然越來越低，幾乎很難再管孩子。

但我發現做這些課外活動時，爸媽的人生經歷，是孩子們沒有的，這是贏回媽媽尊嚴的最好途徑，我的親子教育中閃進了一絲光芒。

我們設計好，在學校提供的大廳擺上六張桌子，一個年級共用一張桌子。每兩位高中生負責一個年級的教學和秩序。

「照亮計畫」第一天，在嘰嘰喳喳的小朋友、憂心掛慮的父母、束手無策的高中義工，及冷眼旁觀的老師們的一片亂糟糟中，我看著女兒指揮若定，安排大家就位。

有一位媽媽和我聊天，我才知道，縮減經費前，每位老師負責二十位學生，可以照顧到每一位小朋友的需要。教育經費縮減，一班變成三十個學生，最辛苦的就是以前跟不上班級程度的那些孩子。金髮白膚的媽媽淚汪汪地告訴我：「這些功課比我們小時候學的難多了，我也不會。老師幫不上忙，我們就像突然進了一個看不到盡頭的隧道。完全不知道怎麼辦。」

四年級的功課，對高中生當然是小兒科，女兒開始了她的課後小小學校長生涯，實踐著她的「照亮計畫」。

另一個難題發生了。孩子們平常兩點半下課，可以回家吃零食。現在平白多了一個半小時的輔導時間，要挨餓到四點。女兒單純地想，請家長輪流帶點心來。沒想到志願單發出去後，只有兩位家長填上名字，願意分擔帶點心的工作。但是這兩位家長看到別人都沒有動作，生氣地說：「為什麼只有我們？」又把名字劃掉了。

有家長提議，各人自己替自己的孩子準備。但校長阿里莎反對，認為學校必須公平。不可以有人有點心吃有人沒有。所以決定輔導期間一律不許吃點心。

孩子們要多留下一個半小時做功課已經埋怨，現在又要餓肚子。上課時間哭鬧抱怨連連，老師孩子都頭痛。

我告訴女兒：「我們來提供點心吧。」

女兒黑白分明地說：「不公平，我們已經免費教他們了，為什麼還要花錢買點心給他們吃？這應該是家長們的責任。」

我實在心疼女兒面對這個狀況，只好裝作內行地說：「媽媽做這些義工很有經驗，只要我們開頭做，別人看到了，就會跟進。我保證下一學期，每個家長都會搶著帶點心來。」

說這話時，我知道自己在哄女兒。我哪裡知道家長們會怎麼樣處理呢？不過這活動也不見得撐得到下一學期……。

我說服女兒和我一起去買了點心和飲料。從此，「照亮計畫」的小朋友到齊後，先花十五分鐘吃點心，休息。孩子們休息完了，可以安靜地開始做功課，補習學業。

我隨口的一句話，老天爺聽到了真幫忙，到學期結束時，教室的角落堆滿了各位家長悄悄帶進來的點心和飲料。聖誕假期，需要把教室清空，點心堆滿了我們家車庫的一角。每次走過，我偷偷謝謝老天爺幫忙，讓我的預言成真，使我在女兒心中的分量，又加了一分。

有一次女兒不舒服，約好要去看醫生，時間到了，有一對小朋友的父母仍然沒有來接他們。我去和前台商量，希望孩子交給他們照顧。沒想到櫃檯冷冷地回我：「你們的計畫，你們自己處理。」

女兒那天沒看成醫生，我對著校長大發脾氣：「我們這麼熱心地幫忙，辦事人員居然如此對待我們，真是太可惡了。」

校長才告訴我，最反對這個計畫的，就是學校的老師跟辦公人員。他們希望讓學校亂成一團，學生學習落後，家長起鬨，可以給學校、校長和學區壓力，增加預算，把辭退的同事們再聘請回來，在那段混亂黑暗的時期，她面臨著很大的壓力。

現在女兒和同學熱心幫忙，孩子們成績跟上，家長們放心了。要再聘請老師回來的機會變成零，難怪辦公人員冷眼對待我們。

原來事情有這麼多面向，人事的複雜，每個人有自己的立場和視角。不要說女兒，連我都學到了新的一堂課。

下學期的某一天，我看到最反對這個計畫的老師，把女兒拉到一旁，說：「Tiffany，明天我們要考小考，麥可的九九乘法表需要加強，麻煩你們注意一下。」另一位家長開始坐在孩子旁邊，跟著孩子一起學習，也順便幫忙照顧同桌其他小朋友。

漸漸地，參與的老師和家長多了，女兒奔波緊張的情緒慢慢輕鬆下來，我覺得，似乎連她的影子都更有自信了。

為了「照亮計畫」，女兒常常苦苦哀求同學們放學和她一起過來幫忙。

在一次學區會議中，整個學區一起討論「照亮計畫」這個活動。一位高中男孩上台，他是女兒一個流裡流氣的同學，當時他要參與，我是反對的，但是女兒缺少人手，就接受了他。這個以前襯衫總是拉在外頭，褲子好像隨時要掉下來，手臂上一個刺青的男孩，今天穿著襯衫，紮好皮帶，對著在座的各校校長，社區的教育委員們說：「我最初參加這個活動，只是想申請學校的時候，有做過義工的經驗加分。但是開始教課後，有五十多位孩子叫我老師，我開始在出門的時候，注重自己的言行穿著，不想不小心被孩子們看到，教壞了孩子。我想要做他們的榜樣，做真正的好老師。」

我看不到女兒的表情，我知道她是開心的。我在心中默默對我曾經想要推開的這個男孩道歉，也祝福他可以有光明的前程。

這個活動做了兩年，女兒高中畢業，我以為可以輕鬆地交棒。因為整個活動已經成形，只要一位熱心家長負責接送，幾個願意幫忙的高中生們，很快就可以繼續了。沒有想到始終沒有找到另外一位熱心家長，這麼好的一個活動在女兒進大學後就落幕了。

生活持續往前滾轉，忙得沒有再想過這個活動。阿里莎登門道謝，我才知道還有人記得這個小小的照亮計畫。當年的那些孩子們，現在應該已經進大學了，也許他們心中，偶爾會想起，當年陪他們度過一段困難學習時光的大哥哥大姊姊們。

媽媽的故事

女兒有一天問我：「外婆到底幾歲？你一直說她九十二歲，說了好幾年了。」我寧神算了一下，媽媽九十七了。

人老了，好像歲數就不重要了。日子過得快，數都來不及，雖然她每天拿著助行器在身邊面前慢慢地、慢慢地走。

這些日子在寫一些當年的往事，努力去替媽媽回顧她的一生；或者說，在我記憶深處努力去挖掘這個和我共同生活了六十幾年的媽媽的一生。

深宅大院養到六歲，鄰居都還不知道家中生了這麼一個小女孩，是多麼嬌貴的一個心肝。年長許多的四個兄妹都在外鄉行醫，事業輝煌，小么妹承歡膝下就可以了。

到青島去念大學，認識了爸爸，就鬧著結婚。家中父母還沒來得及應對，時局已經變了，外公被看押，外婆連爬帶跑連夜到了青島，告訴爸爸媽媽：「快走，千萬不要回家。」

二〇一五年我和兩個女兒遊巴黎，碰上恐怖分子攻擊查理週刊（Charlie Hebdo）的事件。我們三個人手牽著手，走在肅殺的異鄉街頭，各自帶著自己的護照，叮嚀彼此，萬一走失的話，怎麼樣相聚。萬一就此飄離，一定要記得哪年哪月哪日在哪裡等待。「媽媽一定會去找你」「一定要記得喔！」我驚恐地一再叮囑兩個女兒。這是從小聽煩了爸媽逃難事情的我，第一次感受到亂局中，恐懼無助在血脈翻騰。那次，我們母女三人在異國異鄉沒有被分開。但是媽媽卻在一次倉促後，就再牽不到外婆的手了！

我常常在想，外婆的那句話，為媽媽的人生打了一個死結。把她的一生硬生生地綁成了兩段——母女倆彼此不再相連的兩端！

十指不沾陽春水的嬌嬌女，到了異鄉，寄人籬下，洗衣燒飯，辛苦終日，換不來一份體面的溫飽。一直到這幾年，媽媽才告訴我，她回想自己當年所謂的生病，應該就是憂鬱症，始終不能面對這樣的巨變，乾脆躲在醫院不見不煩吧。

回頭去看，對媽媽有許許多多的不滿意。我們從小一直住在破落的低層區，記得初中時，有一位鄰居男孩謾罵媽媽，隔壁的另一位鄰居打抱不平出來吵架，最後媽媽是去安慰謾罵他的那一位，把我們都看傻了眼。做事情如此善惡不分，這一類的事，在媽媽的一生中層出不窮。

爸爸去世前，幾乎不記得媽媽的什麼事，她像一片影子一樣貼在爸爸身上。就連爸爸突然生病，決定動手術，決定放棄，回家安寧，我都沒法告訴她，因為怕她害怕。直到爸爸走了之後，媽媽胖了十多磅，也長了十多磅的意見和自信，我才看到一些媽媽的相貌。

終於，我慢慢了解，十九歲以後的媽媽，就沒有人再教她了，她哪裡知道是非善惡，哪裡知道人情冷暖。真的罩不住，就往醫院去躲藏，不吃不喝，把大家嚇壞了。醫院的日子反而好過。要帶大四個孩子，所有艱苦困難，也只有用躲起來才能應對。

好在媽媽終究找到了教會，在一個更大更美的力量中安身立命，逐漸開花擴展。

爸媽的後半生在教會豐盛地長大，所有的不如意，她可以用禱告來化解。再應付不了，就對著女兒身影求救：「我好害怕，幫幫我。」

這些年，又多了外孫女可以仰仗。

常常看著媽媽，我就像看著一個十九歲的女兒。一個永遠停在十九歲沒有長大的女孩。

午夜四點的約會

超愛學習的我，一生沒法學會怎麼照顧一位九十八歲的老太太。

二〇一八年王建煊夫婦來美國宣道，幾個教會共同安排行程，卻忘了安排他們的住宿。我和好友劉不屈夫婦早就和王先生熟識，共同擔起招呼王先生的重責大任。最高興的，當然是媽媽了。

王先生非常客氣，堅持什麼都自己來，但是媽媽比他更厲害，每天早上水果、早餐，定要親自準備好。有時我睡晚了，聽著樓下加起來兩百六十歲的三位老人聊天，覺得三代春秋聚在我們的小小餐廳裡。

有天晚上王先生近十點回家，看到客廳坐了三十幾位各種年紀的教友，在等待他的分享。王先生說：「邱小君真厲害，這麼快就召集了這麼多人。」

王先生，這都是我媽媽找來的朋友啊！

王先生開心地說：「如果九十四歲的時候，我還像邱媽媽這樣強健，我就再來美國講一百場。」智用無涯，一生沒有上過一天班的媽媽，竟然激勵了王聖人！

歡喜的相聚，五月底送王先生返台。

六月十五日我和從台灣來拜訪的姊姊，正在客廳和媽媽指手畫腳評論電視上的新聞人物，媽媽少見地說：「我累了，先去睡了。」

半夜兩點，已經十年沒有就醫紀錄的媽媽哀叫救命。救護車把這位女強人送進急診室。幸好只是尋常的急性腸胃炎，醫生判斷打兩天點滴消炎就好了。不料兩天變成了三天，四天，五天。本來在醫院陪著我的姊姊按行程回了台灣。

好友半夜來探望，看到這個情況，問我為什麼不叫女兒回來幫忙。女兒們正是壯采之時，飛動之勢，我怎麼忍心去抑制她們。大女兒十週年校友會，回母校聚會，她盼望了那麼久，我不想讓她失望。小女兒這個週末被邀請到華盛頓州朗誦她的詩作，難得的機會，我不想她放棄。

好友語重心長地說：「國內也發生過這種事，家長為了不想影響孩子會考，隱瞞祖父母病情，造成祖孫永遠的遺憾。你多思考一下吧。還有，你這個樣子，還可以撐多久？」

在媽媽病床前考慮了一夜，我把白板上醫生寫的病況拍照下來，傳訊給兩個女兒。小女兒秒回電話，我還在跟她解釋不用擔心時，大女兒電話插撥進來：「妹妹，你從華盛頓飛，我現在就去機場，我們下午見。」不等我回話，就掛了電話。

那天下午，我回家和風塵僕僕的兩個女兒見面，解說狀況，稍微睡著了一下。起來看到兩個女兒都累得趴在沙發睡著了，我輕手輕腳地準備開車去醫院。正發動汽車，女兒們衝了出來，「媽媽，你休息，我們去。」「媽媽可以，你們剛下飛機，先休息一下，醒了再去看外婆。」我心疼女兒，開著車想要先走為妙，大女兒擋到了我車前「Over my dead body!」倔強的我終於哭了出來，滿臉的淚，哭媽媽，也哭女兒。

女兒們回來得及時。隔天醫院就告訴我們，那場嚴重的上吐下瀉，對媽媽九十四歲的心臟，造成了不可挽回的損傷。「心臟衰竭！」還剩二到四個星期的壽命，是醫院給我們的結論。

我們決定把媽媽接回家度過最後的時光。孤女寡母，咬牙自己動手把家裡客廳布置成病房。病末的媽媽，每天在客廳病床上，看著窗外她喜歡的院子掉淚。在媽媽生病前，我們打算重做院子，圖都已經請人畫好了。看著媽媽的不捨，我咬咬牙，大興土木，開始改造後花園，工人們挖土拆地的聲音，成了家中唯一的生氣。三代人，也只有靠著這一點點生氣等待不可知的明天。

賴皮的媽媽，在醫院比預定多待了幾天，回家來也比預定多待了幾年。

回家後，媽媽開始不許我離開她視線。年底預計的聖誕家族旅遊，我和女兒說好我在家陪媽媽，她們兩人自己去。出門前，女兒耍賴不肯走，說如果我不去她們也不去，讓親戚們空等吧。兩個女兒負責和外婆談判，我打電話向好友求救，至友 Larry 臨危受命，帶著他的兒子來我們家陪媽媽（我後來才知道，他們取消自己的聖誕旅行，來成全我們家）。女兒押著我出門，任憑外婆在後面淚眼汪汪。女兒們的結論：「再這樣下去，你和外婆都活不過今年！」她們不捨她們的媽媽，我不捨我的媽媽。

離家三天，Larry 父子常傳送媽媽在家悠閒度日影片。回家，女兒剛進門，就聽到外婆放聲大哭：「媽媽不見了，我的媽媽不見了。我好怕。」

那次女兒的堅持和媽媽的哭聲，剪斷了緊綁我和媽媽的鐵鎖。我請了管家，讓我和媽媽之間有了各自安頓的空間，也讓時間的流逝變得風般輕盈。

四年過去了，這些日子，媽媽身體更虛弱，白天幾乎都在睡覺，扶她出來一下，就吵著累要回房休息。但是到後半夜，每隔一下就叫管家「阿姨！阿姨！」我迷糊睡著，聽到管家大聲回應，終究不放心，下樓來看，根本沒事，媽媽說：「我害怕。」威脅責罵都沒有用，她只說：「我害怕。」

我身心疲憊地處理日常瑣事，既擔心管家睡眠不足，更擔心她甩手辭職。

有天晚上，剛疲累地回到床上，又聽到媽媽在喊了。我擔心又憤怒，突然想到：「與其在床上翻來覆去，乾脆拿著電腦到媽媽房間去做事吧。」時當半夜四點左右，媽媽看我進來，就安靜了。我看書，耳邊聽著媽媽唱詩歌的聲音，唱累了，她睡著。我鬆口氣要回房，她又唱起來。我只好再坐下。慢慢地，媽媽睡熟了，我聽到她喃喃地說：「壽光，濰縣，上海。」是在細數離鄉的路途嗎？媽媽現在腦筋不清楚，也無法回答我了。

天色亮了。走出媽媽房門，聽到管家微鼾聲，輕輕說一聲：「謝謝你，少芬，好好睡。」一夜不眠，我反而覺得身心輕鬆愉快。

那天起，每夜四點，我坐在媽媽房間一角，陪著她度過她最害怕的黑暗時光，讓管家可以睡個好覺。

原來兩個小時可以做這麼多事。我安排了進度表：週一：拆信，週二：畫圖，週三：寫文章，週四：整理檔案，週五：寫感謝函，週末：自由活動。耳邊的配音是媽媽唱詩歌，喃喃的禱告聲，或者偶爾呼喊「媽媽！媽媽！」一聲。在這個時候把媽媽搖醒，她會認得我嗎？或者她會糊裡糊塗地問：「媽媽，你去哪裡了？」

又天亮了，早安！九十八歲的邱朱宜清小妹妹。不知道我們白天又會有什麼交戰，但是午夜四點我會再來陪你，不要怕。

謝謝

媽媽在睡夢中大聲呼喚，把我們的睡夢也喚醒。過去查看，她只是對空中畫著圈子，一圈又一圈，抖顫抖顫的圓。我感到疲憊又心酸，知道自己正看著的，是九十八歲的媽媽在畫她自己人生的句點。

媽媽用她堅強的生命力，不停地告訴我們生死不是一線，生和死中間，有著長長的路途，要一步一步慢慢地跋涉攀爬浮沉。七月中，醫生告知不需要再餵食了。風燭草露的媽媽醒醒睡睡。醒來就喊媽媽，問爸爸在家會不會害怕，吵著要回家。問我現在怎麼辦？告訴我她害怕，要我救命。

可惜我不是她媽媽，我是她的女兒，我也不知道怎麼辦。

我們就在她身旁，卻什麼都做不了，只是忍耐著等待結局，又害怕結局在媽媽的驚恐遺憾無助中來到。床上的媽媽，連自己翻身都做不到，就只能這樣眼睜睜看著窗外由亮而暗，由亮再暗，充滿害怕無奈地孤獨走到人生的終站嗎？

我害怕，怕得要命。

媽媽生日那幾天，我辦了一個小小的家庭慶生，請大家來替媽媽過生日。因為疫情限制，我們在後院聚餐，外甥姪兒們輪流戴著口罩進去和媽媽話別，泣泣傷傷。

其間，大女兒代表我們家去參加一位多年老友的葬禮，回來告訴我場面溫馨愉快，大家並不哀嘆死者瑪莎的去世，而是慶祝她活潑開心的一生。女兒說，瑪莎的女兒都忍不住笑著說：「如果我媽媽在場，現在一定站起來跳舞了。」

這番話給了我許多遐思，當時我已可預見，媽媽走後，我們一定會齊聚唱媽媽喜歡的詩歌，會有許多人談論她的趣事。媽媽在教會一輩子，這麼愛熱鬧交朋友，一定會有很多人懷念媽媽。只是那時媽媽聽不到了。

在天國的媽媽永遠不會聽到的！

這些思維帶給我的震撼不小，我為什麼要等媽媽走了，才要大家表達對她的懷念，唱她喜歡的歌。今天做不可以嗎？我決定為媽媽孤單害怕無趣的這段臨終路程，添加她最喜愛的聲音、氣味和顏色。我向媽媽最親近的教會小組發出邀請函，告訴大家媽媽身體境況不好，歡迎大家來陪伴她走過這一段暗黑沉靜的逆旅！

為方便大家來去，車庫門和家裡的門都開放，只要求大家戴口罩。所有來客可以直接走進媽媽房間，不用和我們打招呼。

不知道是宗教的力量還是教會中深心的連結，消息發出去後，每天都有朋友來訪。而不論是半昏迷的媽媽、沉睡的媽媽、神志不清的媽媽……只要有人進門，媽媽都會張開眼睛，迷迷茫茫地看向來人，然後認出對方是誰，接著開始她們彼此的交流。

我尊重來客和媽媽之間私密，總是不去打攪。偶爾經過房門，聽到來客告訴媽媽：「邱媽媽，我就是當年你帶得救的張……」「邱媽媽，我就在你家浴缸受浸的。」「邱媽媽，我家二兒子找到工作了。」

我不知道今天的媽媽，記憶中還剩些什麼，腦袋瓜長得什麼樣子？她常在迷糊中，連我和女兒都認不出來。但是很神奇，她總是可以透過口罩認出來人，和對方說幾句話，高興時，舉起雙手指揮大家唱詩歌。

有好幾位開一個多小時車，趕著來看她的年輕朋友，也有幾批朋友重複來了好幾次，我謝謝他們，他們說：「以前我們都在你家吃飯聚會，我們當然要來，這裡就是我們的家，邱媽媽就是我們的媽媽。」在我家吃飯？我怎麼都不知道這回事？

原來媽媽有她自己的生活圈，她自己開心傾情的長長歲月。

媽媽的生命中有那麼大一塊和我共處同住，但是我並沒有真正參與的時光。我開心地知道，原來媽媽有她自己的生活社交圈子。

有一位來訪朋友說：「我婆婆永遠記得當年她在青島結婚的時候，你媽媽送她一個鍋子。」原來媽媽不光只是躺在床上，等人替她換尿布的病人，原來媽媽曾經是一位樂於助人，在困窘的時候，願意把家中鍋子送給新婚朋友的熱情少女。

有一次第一批客人還沒有走，第二批來了五、六位，媽媽殷殷地拉著手，不許他們離去，這時候剛好有第三波朋友過來。大家在媽媽病床前彼此相認，歡呼，幾年未見的老友，竟有幸在媽媽病床前團聚。

生活勞煩，朋友們常常這樣稀稀疏疏就忘記了。越埋越深的情誼，在這個下午，翻身而起，為大家臉上留下淚痕。

管家驚訝地說：「在別人家，這都是愁雲慘霧、哭泣吵架的時候，只有在你們這裡，大家又蹦又唱又跳又叫，連我們做事都開心。」

這段期間，安寧治療單位兩次送了緊急護士來，以為媽媽當天晚上就要走了。甚至於媽媽心跳到了一百六十六，確認心臟要衰竭了，但是護士來了一天、兩天，媽媽又慢慢恢復了。仍然風雨無阻，睡睡醒醒地接待著她的來訪者。

這是一個好長的句點。

雖然不知道線的另一端握在誰的手裡，但是媽媽這個不服老的風箏，在她自己的蔚藍天空中開心地遨遊著。

媽媽久未排便，偶爾我們餵她幾口流質食物。安寧治療的服務人員說我們再也無法預計時日了，也許是媽媽太享受留戀這些開心的日子，還想繼續和來拜訪的這兩百多人合唱些詩歌吧。

我開心地看著媽媽親手指揮她生命中最後的樂章。

「我好想見朱媽媽。」那日，媽媽虛弱地說。朱媽媽請看護帶她來，在媽媽房內留了四十分鐘，出門時告訴我，媽媽不肯放她走，還要她繼續唱詩歌。「我真的唱不動了。」九十四歲的朱媽媽，這位媽媽認識了六十多年的閨密，帶來的六罐優格，是媽媽人世間最後嚥下的食物。

我突然醒悟，媽媽臨空畫的不是句點，那是一個逗點。逗點之後，有和她共度過漫長歲月的教會朋友，有她照顧過的年輕人，有她心中的詩歌和《聖經》章節，有許多還在繼續書寫的下文。

逗點之後，還會有我這個老女兒接續著寫下去。我也會是個逗點，在我之後，還有兩個在外面為生活打拚、卻總記掛著媽媽的女兒。

醫生在七月二十八日，宣布就是那兩天了！媽媽卻醒醒睡睡地一直玩到了九月初。家中有兩百多人次的拜訪者。唱完了所有媽媽心愛的《聖經》詩歌。有許多人我都不認識，有許多《聖經》詩歌我都不知道。這是媽媽的桃花源，她又重遊了一次。

九月五日晚上，昏迷中的媽媽突然睜開眼，一把抓著我，開口說「謝謝謝謝謝謝謝謝謝謝謝謝謝謝」，力道大得讓我咬牙，小女兒被驚動進來看看，她一手抓我一手抓女兒，仍然是不絕口的謝謝謝謝謝謝，她是急著要我們替她謝謝這麼多關愛她的弟兄姊妹？還是謝謝我們呢？一直到我們餵她嗎啡，她才安定下來。

媽媽走在九月九日，走後看她隨筆在本子上寫的，都是一句一句的感謝。謝謝主，謝謝教會，謝謝身邊的弟兄姊妹，謝謝女兒和我的照顧，謝謝她開心完美的一生。

《說文解字》中，謝是「辭別，離開」的意思。我想媽媽並不知道這些。但是她在病床上多支撐了四十五天，向她在塵世的朋友一一躬身告別，綈袍戀戀地重溫了她們的共同時光。

「謝謝」，是九十八歲媽媽人生的最後一句話。

紅豆

和女兒採買回來，車進到車庫，看到在門前掛著的手繡笑咪咪的小福娃。我冷不防像夢中醒來，看了身旁的女兒一眼，兩個人異口同聲說出：「紅豆」！

把那包買回來的紅豆放在廚房檯上，我和女兒走來走去，每看上一眼，心中總會抽一下，好像想對紅豆說些什麼。想了想，也無言。一次，我從眼角看到女兒走過時，輕輕地在紅豆上撫了一下。

媽媽年紀大了，胃口不好卻嗜甜。我常從外面買些小點心回來給她吃。一天，她突然說前幾天的一個紅豆麵包好吃得不得了，鬧著要再吃。紅豆麵包是小事，我去買了回來。可是，再怎麼買，她都說味道不甜，不是那天的口味。附近麵包店的紅豆麵包都被我和女兒買遍了，沒有她想要的濃甜口味。

或許她已經忘了自己要的是什麼，只是鬧著而已。

無計可施，我想我們自己做紅豆湯吧。管家試著做了幾次，媽媽始終搖頭。終於，在離家半小時的日本超級市場，買到一種小紅豆，用台糖貳號砂糖熬煮成的紅豆湯，讓媽媽笑開了顏。

媽媽已經很少笑了。為了慶祝紅豆湯成功，媽媽開心，我在車庫進到媽媽房間的門上，貼了一個紅色手繡的笑咪咪小福娃。祝福媽媽永遠開心。從那以後，我和女兒每隔一兩星期，總是去那家日本超市採買，順便帶一包小紅豆回來。

女兒從小跟著她墨西哥裔老爸吃習慣了墨西哥豆，是飯桌上的副食，煮得鹹鹹爛爛的。看到甜甜的紅豆湯，「yak」了一聲，怎麼也不肯再多嘗一口。我懷念著紅豆冰棒，紅豆湯圓，但是糖尿病把我和紅豆湯之間，築起了銅牆鐵壁，不敢讓甜食入口。家中喝紅豆湯的，就只有媽媽了。

一直請管家每次只做少少分量，但是就算抓一小把紅豆，泡上一晚，熬煮出來的，仍是一鍋。

煮紅豆湯時，先把泡了一晚的紅豆清洗一遍，大珠小珠地倒進瓦罐中，量準水和紅豆的比例一比六。開大火煮三十分鐘後，再改用小火熬五十分鐘，確定紅豆子軟爛了，才可以關火，加進白砂糖，輕輕攪拌，再蓋上蓋子燜一會兒，就完工了。

每次煮湯罐在爐子上波波地響著，飄漫的味道，引著媽媽點頭微笑，叮囑著管家加糖再加糖，等著說好喝好喝。而這個時候，我的記憶總是跳到「叭噗～叭噗～」紅豆冰淇淋、芋頭冰淇淋的時光。真想再和兄弟姊姊分吃一口紅豆冰棒，再咬一口全家合吃的紅豆冰淇淋，好想念那段大家笑咪咪、不用憂慮的時光。而女兒一聞到紅豆湯甜膩的味道，就掩鼻而過，她吃慣的鹹食，突然變甜味了，排斥得很，如果她們的爸爸還在世，父女三人一定群起攻擊抗議。

紅豆湯的味道，刻印著我們祖孫三代不同的表情和心情。

然而，就算有了超甜紅豆湯，媽媽肯開口吃東西的時候也越來越少。臥床以後，能吞食的更是有限。期待了那麼久，熬煮了幾個小時的紅豆湯，媽媽也只能勉強吃幾口。再來，豆子開始變酸變色，只好整鍋倒掉，過兩天媽媽想吃時，再煮新的。

紅豆湯的甜味仍常常在家中瀰漫，歲月與離別，也悄悄侵門踏戶地擠來。媽媽的臉容越來越枯萎，我的思慮常常四野漂流，找不到定錨處。而女兒厭棄紅豆湯的小表情，已變成時時在床前、拿海棉棒沾著紅豆湯潤濕外婆口脣的輕柔。

當時只道是尋常，但是四口之家終究少了一人！

此間的玫瑰崗墓園，因著疫情生意忙碌。把媽媽大體接走後，我們只能枯等著他們通知可以安葬的時間。時針分針仍照著規矩漫步，我像是活在一場忘了寫結局的醉夢中。

和女兒去採買，兩人無意識地買回一包紅豆，已經是媽媽走後第九天。

媽媽葬禮結束後，回到家，我把紅豆洗了洗，不管不顧地放進不鏽鋼鍋，放到爐子上開大火煮了。天漸漸黑下來，我和女兒各添了一碗紅豆湯，在媽媽空了的床前坐著。

女兒喝了一口。

我問：「好喝嗎？」

女兒說：「和以前一樣，甜甜的。」

我沒有告訴女兒，我沒有加糖。

本書選文　原載報刊

本書選文	原載報刊
王永貴	聯合報副刊（二〇二二・十二・二十五）
永遠的石椿	中國時報副刊（二〇二三・五・十七）
最珍貴的遺產	世界日報副刊（二〇二二・十・二十二，原名「珍貴的遺產」）
太陽雨	中國時報副刊（二〇二二・十・六）
那一場錢雨	世界日報副刊（二〇二三・五・十二，原名「那一場及時雨」）
洗衣店裡歲月長	世界日報副刊（二〇二三・四・三、四，原名「經營乾洗店」）
My ice cream	世界日報副刊（二〇二二・九・十三，原名「我的冰淇淋」）
敲敲門，你在不在？	世界日報副刊（二〇二三・四・二十七、二十八）
一碗麵的情誼	世界日報副刊（二〇二三・一・十二，原名「一碗麵」）
大英百科全書之后	聯合報副刊（二〇二三・一・十九，原名「百科全書之后」）
第一位員工	人間福報副刊（二〇二二・十二・三十）
包租婆養成記	世界日報副刊（二〇二二・九・十九）
房「產」記	世界日報副刊（二〇二三・十一・八）
大衛破產了？	世界日報副刊（二〇二二・十二・八）
夢中的疫苗	世界日報副刊（二〇二一・十・四，原名「你還好嗎？」）
上帝的門和窗	世界日報副刊（二〇二三・三・三十）
我錯了白板	世界日報副刊（二〇二二・十・一）

我們的房子，你的家	世界日報副刊（二〇二二・十一・二十三，原名「謝謝你們」）
殺豬記	世界日報副刊（二〇二二・十・五）
老闆日	世界日報副刊（二〇二二・八・二十一）
二百五抗通膨	人間福報副刊（二〇二三・二・三，原名「二百五」）
不小的小米雪	世界日報副刊（二〇二三・十一・十）
你們在哪裡？	世界日報副刊（二〇二二・十・三十一，原名「房客還好嗎？」）
焚鈔記	世界日報副刊（二〇二二・八・十一）
悲欣交集的暑假	世界日報副刊（二〇二二・七・十四）
黎明已過	人間福報副刊（二〇二二・十一・十一）
圓和圓	世界日報副刊（二〇二一・七・八）
咪咪姊的飯友團	世界日報副刊（二〇二三・一・二十二）
絲巾秀	人間福報副刊（二〇二二・九・九）
我真的沒有醉	世界日報副刊（二〇二三・十一・二十）
家鄉的外國人	聯合報副刊（二〇二三・四・三，原名「異鄉人的小餐館」）
音痴歲月長	世界日報副刊（二〇二二・八・二十五）
哼著歌的下午	人間福報副刊（二〇二二・七・十八，原名「青春有歌」）
戶外樂團	世界日報副刊（二〇二一・十・二十八）
照亮計畫	世界日報副刊（二〇二三・四・十三、十四）
午夜四點的約會	世界日報副刊（二〇二二・十一・二十一）
紅豆	世界日報副刊（二〇二三・三・十八，原名「母女紅豆湯」）

新人間 402

台灣小妹，美國大姊

作　者—邱瀟君
主　編—何秉修
特約編輯—Vincent Tsai
企　劃—陳玉笈
封面設計—林秦華

總 編 輯—胡金倫
董 事 長—趙政岷
出 版 者—時報文化出版企業股份有限公司
一〇八〇一九台北市和平西路三段二四〇號七樓
發行專線—（〇二）二三〇六六八四二
讀者服務專線—〇八〇〇二三一七〇五
（〇二）二三〇四七一〇三
讀者服務傳真—（〇二）二三〇四六八五八
郵撥—一九三四四七二四時報文化出版公司
信箱—一〇八九九臺北華江橋郵局第九九信箱
時報悅讀網—http://www.readingtimes.com.tw
時報文化臉書—https://www.facebook.com/readingtimes.fans
法律顧問—理律法律事務所　陳長文律師、李念祖律師
印　刷—家佑印刷有限公司
初版一刷—二〇二三年十二月一日
初版三刷—二〇二四年六月二十四日
定　價—新台幣三八〇元

時報文化出版公司成立於一九七五年，
並於一九九九年股票上櫃公開發行，二〇〇八年脫離中時集團非屬旺中，
以「尊重智慧與創意的文化事業」為信念。

台灣小妹，美國大姊 / 邱瀟君著. -- 初版. -- 臺北市：
時報文化出版企業股份有限公司, 2023.12
面；　公分. -- (新人間；402)
ISBN 978-626-374-573-5(平裝)

863.55　　112018247

ISBN 978-626-374-573-5
Printed in Taiwan